中老年时报

创刊30周年系列丛书

赵 兵 主编

名家的睿智

◎ 贾长华 著

南闻大学 出版社

天津社会科学院 出版社

图书在版编目（ＣＩＰ）数据

名家的睿智 / 贾长华著. -- 天津 : 南开大学出版社 : 天津社会科学院出版社, 2023.9
（《中老年时报》创刊30周年系列丛书 / 赵兵主编）
ISBN 978-7-310-06343-7

Ⅰ.①名… Ⅱ.①贾… Ⅲ.①访问记—作品集—中国—当代 Ⅳ.①I253

中国版本图书馆CIP数据核字(2022)第220419号

名家的睿智
MINGJIA DE RUIZHI

南开大学出版社
天津社会科学院出版社　出版发行

出版人：陈　敬

地址：天津市南开区卫津路94号　邮政编码：300071
营销部电话：(022) 23508339　营销部传真：(022) 23508542
https://nkup.nankai.edu.cn

北京盛通印刷股份有限公司　全国各地新华书店经销
2023年9月第1版　2023年9月第1次印刷
885毫米×1230毫米　32开本　10.625印张　244千字
定价：68.00元

如遇图书印装质量问题，请与本社营销部联系调换，电话（022）23508339

我们的节日
——致读者

亲爱的读者,2022 年 7 月 1 日是《中老年时报》三十岁生日。我们在此与您同贺——因为今天,既是时报的生日,也是读者的节日。

三十年,对一个人来说,是步入而立之年的踌躇满志;三十年,对一份报纸而言,是重整旗鼓再出发的接力起点;三十载时光白驹过隙,总有一些感动长留心间。现在,让我们一起慢下脚步回首过往,将一路走来的每个脚印都铭记在心。

这三十年,我们"以儿女情怀,办精品报纸",坚持"三贴近",用脚底板跑新闻,作品"接地气"才会"冒热气"。我们扎根养老机构,关注社区老年食堂,倡导"花甲帮耄耋,低龄帮高龄""早看窗帘晚看灯";我们手把手教老人使用智能手机,帮其跨越数字鸿沟;我们最早关注老旧小区加装电梯,推动天津市相当数量的老楼加装电梯……

这三十年,我们在全国组织首个"夕阳红旅游专列"游遍神州,首倡中老年读书节、文化节,举办首个老年春晚、老年奥运会,创办首个中老年艺术团,组织首个"老年相亲大会",并衍生出"父母为大龄子女相亲会"……

这三十年,我们春节邀请书法家为读者写福字、送春联,元宵节带读者"遛百病",重阳节陪读者"登高";我们开门办报问计读者,每一次改版、创新改大字号,都开展大规模问卷调查。

2018年,面对媒体传播格局转型的新趋势、新变化、新要求,天津媒体强强携手、走上融合发展的快车道。作为市委直属的海河传媒中心旗下媒体,《中老年时报》也焕发新的生机。我们"创刊30周年灯光秀"将于明晚在天津广播电视塔为您点亮祝福!

三十年,国家由富到强,迎来新时代;三十年,编读相得益彰,师亦友;三十年,时报风华正茂,恰少年!感谢有您伴我们长大!请让我们陪您到老,直到永远!

中老年时报社

2022年7月1日

名家是一座"智库"

（代序）

（一）

我于 2017 年 11 月 25 日起在《中老年时报》"与名家交往印记"专栏发表文章，至 2018 年 11 月 26 日先后发表 49 篇。在这些文章中，我回顾了与名家交往的一桩桩往事，抒发了在与名家交往中产生的难以忘怀的感悟、感慨和感叹……

我写这些文章是有缘由的。

光阴荏苒。随着我的年龄越来越大，怀旧的情结也愈发浓重，以往经历过的事情，总是不断地引发我的回忆……其中，我在 20 世纪 80 年代采访名家的经历，就时常在我的脑海里一幕幕地浮现。当初，我将采访的内容写成专访、特写、通讯和报告文学，在报纸和杂志相继发表。然而，在时隔多年以后，当我再次回顾与名家交往的经历，突然产生一种新的感觉——又有了新的认识,有了新的收获。

这是我未曾料到的。

于是,我以按捺不住的心情,陆陆续续地写出这49篇文章——比以往充满更多"新意"的文章。

名家,顾名思义,就是名气很大的人物。作为社会精英的名家,都在各自岗位上取得卓尔不凡的成果,做出不可磨灭的重要贡献,由此赢得了人们的敬重,也让自己声名远播,甚至家喻户晓。

这就是名家的魅力!

名家的成功,关键在于"内因"。大家知道,"内因是变化的根据,外因是变化的条件,外因通过内因而起作用"。名家要取得成功,离不开"外因"——外部的很好条件,但更要依靠"内因"——自身的很好素养。外部很好的条件,只有依靠自身的很好素养才起作用,因而,自身的很好素养无疑是居于第一位的。

进一步讲,名家的成功,主要依靠自身的很好素养。

(二)

自身的很好素养何在?

我所写的49篇文章中的名家,分别来自科技界、教育界、文学界、电影界、美术界、戏剧界、曲艺界和体育界。我将这49篇文章的题目根据特点进行了分类,依次分成9个部分。

第一部分为"胸怀远大抱负",共有6篇文章。

抱负,就是志向、理想。一个人有了远大的抱负,肩上就有了沉甸甸的责任，就会时刻想着为祖国、为人民尽到义不容辞的责任；同时，为了实现远大的抱负，就会有很高的追求，并以一种拼劲、一种毅力、一种意志，取得事业上的成功。欧洲有句谚语："抱负是高尚行为成长的萌芽。"这是对远大的抱负最好的诠释。

"胸怀远大抱负"——这一部分6篇文章所写的名家都做到了。

第二部分为"有着高尚的品德"，共有6篇文章。

品德，就是道德品质，是人们依据一定的道德规范所形成的稳定的心理状态和行为习惯。一个人具备了高尚的品德，不论有人约束还是无人约束，也不论有人知道还是无人知道，都不会放松对自己的要求，并非常自觉地按照道德规范去干事情、干事业。法国思想家孟德斯鸠说："衡量一个人品德是否高尚，是看他在知道没人发觉的时候做些什么。"这就是高尚的品德的"威力"。

"有着高尚的品德"——这一部分6篇文章所写的名家都做到了。

第三部分"勤奋是本性"，共有6篇文章。

勤奋，就是非常投入、非常认真地去做事。一个人做到勤奋，就会比别人的意志更坚强，比别人更能付出心血，比别人更能坚持到底。唯有勤奋，才能取得事业上的成功。没有意外的成功，只有勤奋的成功。著名科学家爱因斯坦说："在天才与勤奋之间，我毫不犹豫地选择勤奋。"这是因为勤奋才是成功之本。

"勤奋是本性"——这一部分6篇文章所写的名家都做

到了。

第四部分"凡事都非常认真",共有6篇文章。

认真,就是积极地、竭尽全力地向好的方向努力。一个人做事认真,就会有一种专注、一种热忱、一种坚韧,就会不躁动,永远也不言放弃,直至取得最后的成功。革命导师恩格斯说:"谁肯认真地工作,谁就能做出许多成功,谁就能超群出众。"所以,要想成功就一定要认真。

"凡事都非常认真"——这一部分文章所写的名家都做到了。

第五部分为"以吃苦为乐",共有5篇文章。

吃苦,就是不怕苦,能够承受苦。一个人选择了吃苦,就是选择了收获。受苦是不好受的,是受折磨的。然而,吃苦却让人们干出一番事业,甚至干出一番大事业,从而一步步走向成功。这就是苦中有乐。俄国作家屠格涅夫说:"你想成为幸福的人吗?但愿你首先选择吃苦。"因为吃苦是人生的一笔宝贵财富。

"以吃苦为乐"——这一部分5篇文章所写的名家都做到了。

第六部分为"把机遇紧紧抓住",共有4篇文章。

机遇,就是有利的时机和境遇。一个人抓住了机遇,就抓住了成功的关键。在人的一生中,总会面临各种机遇,如果不能把机遇抓住,也就不会有施展的舞台,只能与成功失之交臂。机遇又总是偶然的,是很快消失的,这就更要留心、更要敏锐、更要当机立断地抓住。法国科学家巴斯德说:"机遇往往偏爱那些有准备的有头脑的人。"这话是很中肯的,也是铁一般的事实。

"把机遇紧紧抓住"——这一部分4篇文章所写的名家都做到了。

第七部分为"特别珍惜时间",共有4篇文章。

时间,就是物质运动过程的连续性、顺序性的表现,总朝一个方向流逝,一去不复返。一个人只有珍惜时间,才能去做更多的事情,进而有所作为,在事业上取得成功。时间是无穷无尽的,对每个人来说又是极其有限的,是转瞬即逝的;时间又是公正的,对每个人都不偏不倚,都是一天24小时。所以,一定要紧紧地抓住现在,能够现在做的就不要拖到明天,更不要拖到以后。俄国作家托尔斯泰说:"只有一个时间最重要的,那就是现在。"抓住现在就是珍惜时间的最好表现。

"特别珍惜时间"——这一部分4篇文章所写的名家都做到了。

第八部分为"努力保持好心态",共有4篇文章。

心态,就是人们的心理状态。一个人保持好心态,不仅有益于身体健康,也益于工作,有益于事业的成功。但在生活中,对于任何人来说,往往都是"不如意事常八九",即随时都会遇上不顺心、不愉快的事情,很容易引起情绪的波动,出现不好心态。然而,如果以一种很高的精神境界,很达观、很大度、很开通地应对,就能避免情绪的波动,让情绪依然平和,从而保持好心态。欧洲有句谚语:"要主宰自己的命运,首先要主宰自己的心态。"也就是说,要保持好心态,就要从自己做起,并且是一定要做到。

"努力保持心好态"——这一部分4篇文章所写的名家都做到了。

第九部分为"必不可少的健身",共有8篇文章。

健身,就是通过各种运动让身体保持健康。一个人要做事并且取得成功,必须依附于一个前提——要有健康的身体。倘若没有健康的身体,即使再有雄心,也往往有心无力,最终一事无成。经常挤出时间进行健身,可以让身体强壮,可以提高抵御疾病能力,还可以保持充沛精力……尽管这样占用了一些时间,却可以有更多的时间去做事,正如"磨刀不误砍柴工"。我国有句谚语:"健身好比灵芝草,何必苦把仙方找。"这是对健身作用十分形象的肯定。

"必不可少的健身"——这一部分8篇文章所写的名家都做到了。

(三)

这些名家都有着自身的很好素养,包括思想素养、文化素养、业务素养和身心素养等——这是他们的共性。

这些名家的成功,在每个名家身上都有具体的、活生生的展示,并且表现了各自的特点,又都不尽相同——这是他们的个性。

我们所说的共性,是指事物所共有的普遍性质;我们所说的个性,是指一事物区别于其他事物的特殊性质,是事物具有的特点。共性与个性是互相对立的:共性不同于个性,个性也不同于共性,二者截然不同。共性与个性又是互相统一的:共性寓于个性之中,没有离开个性的共性,个性受着共性的制约;个性包含着共性,没有离开共性的个性,共性通过个性表现出来。总之,没有共性就没有个性,没有个性也没有共性,共性与个性共存于事物的统一体中。

进一步讲,这些名家有着共性——自身的很好素养,同时又有着个性——每个人互不相同的特点,从而实现了完美的共性与个性的统一。

让我高兴的是,我所写的这些名家的文章,受到不少中老年读者的欢迎。我曾接到一些读者的电话,都说去遛早晨练或相聚聊天时,常常议论这些名家成功的经历,受益颇深。还有一些读者告诉我,通过阅读我所写的这些名家的文章,勾起了青少年时期曾从名家身上学到许多优秀品质的美好回忆,感到分外亲切。我未曾谋面的一位读者王宗征,特意给《中老年时报》写来一篇文章,发表在"编读"版。他写道,我像"追剧"一样,不断追读《中老年时报》"岁月"版的《与名家交往印记》系列文章。他还写道,这些系列文章,"蕴含着人生的哲理,跃动着艺术的音符,滋润着我的心田,让我在获得美好享受的同时,得到了深刻的启示"。

这是对我的莫大鼓励。

当然,我所写的这些系列文章中,也难免有不足之处,希望大家多多指正。

在我将这些系列文章写完并准备结集成书之际,突然萌生一个念头:这些与众不同的名家都充满睿智,堪称一座珍贵的、丰富的"智库"!走进这座"智库",可以让更多的人去受启迪,去受教育,去受鞭策……倘能如此,我将感到非常的欣慰。

目　录

胸怀远大抱负

钱伟长：一生坚持的专业是"爱国" ……………………… ／3

茅以升：祖国的需要高于一切 …………………………… ／11

冯骥才："有很强的使命感" ……………………………… ／19

丁玲：永葆"战士的激情" ………………………………… ／24

张乐平：与群众产生共同感情 …………………………… ／29

周汝昌："把成果留给后人"是幸福的 …………………… ／39

有着高尚品德

吴大猷：学为典范　德为楷模 …………………………… ／49

杨石先：要有学养，也有品德 …………………………… ／57

巴金：名气那么大，又那么随和 ………………………… ／65

孙墨佛：为人做事要对得起他人 ………………………… ／70

王学仲:对名利看得很淡 …………………………… / 78
容志行:球场的"奇迹"是"风格"决定的 ………… / 85

勤奋是本性

贺绿汀:天道酬勤 ………………………………… / 95
谢添:"玩得痛快,更玩命地干" ………………… / 103
凌子风:成果是拼出来的 ………………………… / 108
庄则栋:下跪,是为追求的事业 ………………… / 114
张燮林:执着,成功的起点 ……………………… / 122
胡荣华:聪明,并不起决定作用 ………………… / 128

凡事都非常认真

范曾:迁善当如风之速 …………………………… / 137
秦牧:干好最不容易干的事 ……………………… / 144
黄宗英:永远对知识充满好奇 …………………… / 148
茹志鹃:"意识"清晰再去做 …………………… / 154
韩非:唯有"较真"才成事 ……………………… / 159
严顺开:笑声应给人以深思 ……………………… / 164

2

以吃苦为乐

李可染:做一个"苦学派" …………………………… / 171

谢晋:"少睡觉,多工作" …………………………… / 178

姚雪垠:半夜写作 清晨跑步 …………………………… / 183

梁斌:想起来吃饭,两顿饭都过去了 …………………… / 187

张俊秀:练得血肉模糊也不叫苦 ……………………… / 193

把机遇紧紧抓住

陈省身:"做学问要趁年轻" ………………………… / 203

牛犇:抓机遇是成功起点 …………………………… / 212

郭振清:"热爱"是最好的老师 ……………………… / 217

张良:"伯乐"识才多重要 …………………………… / 222

特别珍惜时间

孙道临:星期日变成"星期七" ……………………… / 229

叶永烈:长年没有节假日 …………………………… / 234

峻青:常常每天只睡四五个小时 ……………………… / 240

邓友梅:严格的"作息时间表" ……………………… / 246

努力保持好心态

马三立:不妄想　不妄动　不妄言 …………………… / 253

骆玉笙:让大脑保持"素净" …………………………… / 261

梅阡:情绪平和,太重要了 …………………………… / 268

赵子岳:对人总是有求必应 …………………………… / 275

必不可少的健身

叶圣陶:安排生活的"准确性" ………………………… / 281

臧克家:"一日两走" ………………………………… / 285

萧军:有文事者必有武备 …………………………… / 289

袁静:有不愿动也得动 ……………………………… / 294

李霁野:从年轻体衰"走"到年老体健 ……………… / 300

蒋子龙:结缘体育之妙 ……………………………… / 307

陈强:老来乐——乐在"骑"中 ……………………… / 312

李光羲:"半个运动员" ……………………………… / 317

胸怀远大抱负

　　抱负,就是志向、理想。一个人有了远大的抱负,肩上就有了沉甸甸的责任,就会时刻想着为祖国、为人民尽到义不容辞的责任;同时,为了实现远大的抱负,就会有很高的追求,并以一种拼劲、一种毅力、一种意志,去取得事业上的成功。

钱伟长:一生坚持的专业是"爱国"

一

1983年4月初,在一个下着淅淅沥沥小雨的日子,我前往上海工业大学采访了时任校长钱伟长。

钱伟长是享誉海内外的著名科学家、教育家和中国科学院资深院士,也是曾连任4届的全国政协副主席。

年轻时的钱伟长,就显示出超乎寻常的聪明才智。他在早年曾考取庚子赔款留英公费生,但因第二次世界大战爆发,欧洲成为战场,只好改派赴加拿大留学。1940年至1942年,他在加拿大多伦多大学学习期间,获得博士学位。他在这所大学跟随导师辛吉从事科研工

钱伟长

作,用 50 多天完成《弹性板壳的内禀理论》的论文,辛吉为此选择了平时很少使用的字眼,盛赞他是"了不起的学生,校园中多年未见的优秀人才"。这篇论文发表于世界导弹之父冯·卡门60 岁的祝寿文集,受到科学大师爱因斯坦的称赞。

1942 年至 1946 年,他在美国加州理工学院和国家喷气推进研究所做博士后研究,与钱学森、林家翘、郭永怀等一起在世界导弹之父冯·卡门的指导下,从事航空航天领域的科研工作,参加火箭和导弹的试验。他发表了一篇关于奇异摄动的论文,被国际上公认为这一领域的奠基人,被称为"钱伟长工程"。

更令人惊叹的是,钱伟长的一项研究成果,帮助第二次世界

钱伟长加拿大多伦多大学毕业照

大战期间的伦敦免受灭顶之灾。在伦敦要遭受德国军队导弹威胁之际,英国首相丘吉尔向美国请求援助。这件事被转到冯·卡门主持的国家喷气推进研究所,正在这里工作的钱伟长仔细研究了德国军队导弹的射程和射点,发现德国军队导弹多发自欧洲西海岸,而落点则在伦敦的东区——这是最大的射程。钱伟长提出,只要造成伦

敦市中心屡被击中的假象,以此迷惑德国军队仍按原射程进行攻击,就可使伦敦避免导弹的伤害。英国接受了这一建议。几年后,丘吉尔在回忆录中谈及此事,仍禁不住称赞:"美国青年真厉害!"可他不知道,这个"美国青年"就是中国科学家钱伟长。

1946年5月,钱伟长回到祖国,任清华大学教授,兼任北京大学、燕京大学教授。在以后的岁月里,特别是在中华人民共和国成立后,他一直从事科研和教育工作,并先后担任多所重点大学的校长、副校长。他参与创办北京大学力学系,开创了中国大学第一个力学专业;出版了中国第一部《弹性力学》专著;开创了全国现代数学、力学系列学术会议。他为中国的机械工业、土木建筑、航空航天和军工事业立下汗马功劳,被称为中国的"力学之父""应用数学之父"。

二

当年,我在上海工业大学采访钱伟长时,还了解到他与天津的一段情缘。1937年七七事变爆发,北平被日寇占领,清华大学迁到昆明,与北京大学、南开大学组成西南联大。正在清华大学物理专业学习的钱伟长,由于没有盘缠,只好于1938年5月来到天津,在耀华中学当了一名教师,讲授初三和高一年级的物理课,同时兼任女生班的班主任。到了这年12月,他才从天津乘船来到香港,又去河内乘火车,最终抵达昆明,开始了在西南联大执教的一段生涯。尽管他在耀华中学时间不长,却与耀华中学结下深深的情谊。

时隔多年以后,我又得知他已被聘为耀华中学名誉校长,曾于2002年来天津参加耀华中学75年校庆,在座无虚席的耀华礼堂,以"先学会做人,未来才能报效祖国"为题,为学生们做了一场精彩演讲,不时博得经久不息的热烈掌声。

2005年11月,钱伟长铜像在耀华中学"才华横溢"喷泉池前落成,成为耀华中学广大师生对他永远怀念的象征。

三

我在上海工业大学对钱伟长的采访,整整进行了一上午。我当时被借调到天津青年报工作,是以《天津青年报》记者身份对他进行采访的,因而请他就"立志做一名知识分子"这一话题,向广大青年谈一谈自己的想法。于是,他就滔滔不绝地谈起来,不再用我继续发问,就一口气把自己的见解都淋漓尽致地讲出来,其观点鲜明并具很强的针对性,其层次的严谨和清晰,令我肃然起敬。我顿时产生强烈的感觉:他是科学家,但又是有着深刻思想的科学家啊!

采访结束后,我很快将他所谈的内容,原原本本地以第一人称整理成一篇文章,主题是"你立志做一名知识分子吗",副题是"和青年朋友们谈心",署名为"钱伟长"。经他审阅之后,于1982年4月30日在《天津青年报》显著位置发表。当年5月14日,《中国青年报》又在显著位置予以转载。这篇文章在天津市及全国各地广大青年中产生很好的反响,获得广泛好评。

钱伟长的这篇文章,一开始就将所谈主题十分明确地提出来:"作为社会主义新中国的青年,要不要做一名知识分子? 我说:要! 我想,青年朋友们一定会同意我的回答,因为他们莫不渴望自己能成为知识分子。"

随后,钱伟长谈了第一方面内容:"你如果想成为一名知识分子,那么就不要贪图舒服和自在,就要下决心吃一辈子苦。"

再后,钱伟长又谈了第二方面内容:"你要打算做一名知识分子,就不能巴望着出名,要有做无名英雄的充分思想准备。"

四

关于第一方面内容:

他说:"我要告诉青年朋友们,千万不要以为做了知识分子就可以清闲、舒适。有人看到有些科学工作者穿着干净的白大褂在"玻璃房"里工作,于是就认为他们的工作太惬意了。其实,知识分子是很辛苦的,那种看法是一个很大的错觉。"

他说:"在我们今天的社会里,知识分子有着特殊的地位。社会把过去积累下来的知识传给了他们,他们不仅要继续把知识传给别人,而且还要不断地发展、增加知识。知识分子承担着让知识传宗接代的任务。衡量一个社会是否进步,一是看生产的发展,一是看文化知识的发展,而生产的发展必须建立在一定文化知识发展的基础之上。正是这个原因,社会绝不能总是这么多知识。现在的知识比起 100 年前,就不知发展、增加了多少。其中,有一部分是劳动人民发展、增加的,但大多数是知识分子发展、增加的。知识分子总结了劳动人民的实践经验,大大发展、增加了这些知识。"

他说:"社会越是向前发展,对知识分子的要求就越高。今天的知识分子,比以往任何时代知识分子掌握的知识都要多得多。譬如在100年前,一般人都不掌握电灯的知识,甚至连碰都不敢碰一下。但到现在,即使三四岁的小孩子,都敢去开电灯了。在社会发展的某一阶段,有些知识是知识分子特有的,但过了这一阶段,就成为广大群众共有的了。"

他说:"知识分子必须永不休止地创新,这就注定了他们时时刻刻都要从事艰苦的工作。这样的情形是屡见不鲜的:已经深夜12点了,许多房间的电灯都熄灭了,但仍有一部分房间灯火通明,此刻你要搞一下调查,应该知道这基本上都是知识分子的房间。知识分子的乐趣不在于追求华丽的服饰、漂亮的家具或是欣赏电视节目、漫步花前月下,而是弄懂原来不懂的东西,是攻克知识的一座座堡垒。"

他说:"我现在已逾70。在我的一生中,就很少在夜间12点以前入睡,更没有在星期天休息的习惯。我在年轻的时候,也不知度过了多少个不眠之夜。这样做的又何止我一人,许多知识分子都有这种经历的。"

他还说:"我在前面讲了这么多,是为了让青年朋友们知道,你如果想做一名知识分子,那么就不要贪图舒服和自在,就要下决心吃一辈子苦。"

关于第二方面内容:

他说:"我要告诉青年朋友们,千万不要以为做了知识分子就能名扬四海,一举成为社会上的名人。在各个工作岗位上的绝大多数知识分子都是默默无闻的,出名的只是极个别的,是偶然的,甚至可以说是幸运的。我们在生活中常会遇到这种情况:一些工程技术人员设计出一种新式建筑物或研制出一台新型的机器,头发已经白花花的了,但一般群众只是看到他们的劳动成果,却根本不了解他们的姓名和身份。"

中国力学之父——钱伟长

他说:"在这方面,知识分子和演员迥然不同。一个演员演出了一部电影,就可以一下子在群众中间出名。而大多数知识分子即使付出更多的劳动,也很难出名。"

他还说:"我讲这一番话,是为了向青年朋友们说清楚这样一种处境,你要打算做一名知识分子,就不能巴望出名,要有做无名英雄的充分思想准备。"

五

谈完这两方面内容,钱伟长又特意谈到自学成才的问题。他说:"我们鼓励青年成为知识分子,是鼓励青年朋友们努力掌握科学文化知识。在当前的四化建设事业中,我们更是需要成千上万的知识分子。但是,我绝不是说只有上大学的青年才能成为知识分子。没有机会上大学的青年,经过刻苦自学,也完全可以成为知识分子。他们只要结合自己的工作,抓住点点滴滴的时间进行学习和钻研,就一定能够成为知识分子。自学成才的知识分子,普天之下真不知道有多少。富兰克林没有进过学校,但依靠勤奋学习,成了电学的奠基人。爱迪生也没有读过几年书,他经常在工作室里睡觉,一连多少日不回家,一生中取得上千项发明成果。在我们这个时代,上大学的青年只占少数,多数的青年都要走自学的道路。只要他们有为人类造福的意愿,有锲而不舍的斗志,他们就一定能够成功。"钱伟长的这些话,在今天看来,仍然有着十分深刻的现实意义!

　　2010年7月30日,钱伟长逝世,享年98岁。2011年,他入选"2010年度感动中国十大人物",在颁奖词中给他做出这般评价:"有人说,钱伟长太全面了,他在科学、政治、教育每个领域取得的成就都是常人无法企及的。他用一生的报国路诠释了自己一生一直坚持的专业:爱国。"

茅以升：祖国的需要高于一切

一

1985 年底，我在北京采访了著名桥梁专家茅以升——这是一次令我渴望已久的采访，更是一次收获颇多教益的采访……

茅以升得知我从天津而来，顿时流露出一种亲切感。我在天津一家新闻媒体一度负责大学新闻报道，所以我知道：在 1928 年至 1930 年，他曾出任坐落天津的北洋大学校长一职；在 1946 年至 1948 年，他再度被任命为北洋大学校长，因当时主持修复钱塘江大桥而未能到任。我还知道：北洋大学是中国最早建立的大学，天津大学前身就是北洋大学，在 1983 年天津大学迎接将要到来的 90 周年校庆时，特意请茅以升为"实事求是"的校训题字，他欣然应允了。他从小就喜欢书法，有着精湛的书法功力，随即用章法自然、意态神气的隶书写下"实事求是"四个大字。以后，不论校园的碑石，还是校史馆和画册……只要展示"实事求是"校训的地方，都是用他书写的这四个大字，让体现严谨治学优良传统的校训得以发扬光大。

二

茅以升是江苏镇江市人,出生于1896年。他的祖父茅谦曾创办《南洋官报》,属镇江市的名流。他出生不久,就随家庭迁往南京,就读于那里的小学和中学。他从小就热爱学习,并有着惊人的记忆力,而这记忆力则是他依靠勤奋锻炼出来的。每天清晨,他都背诵古诗、古文,经过长年累月的努力,不仅能够背诵许多古诗、古文,而且大大地提高了记忆力。有一天,他的爷爷用毛笔抄写一篇古文,他站在一旁默记,等到爷爷搁下毛笔,他竟然把这篇古文一字不漏地背诵下来了。

青年时代的茅以升

他还主动去背那些枯燥的数字。一次,他看到一篇文章把圆周率的近似值,写到小数点后的100位,就决定将其背下来。于是,他一节一节地背诵这一长串数字,从几位到十几位,再到几十位,最后到100位,硬是熟练地背了下来。

1916年,他从交通部唐山工业专门学校毕业,参加了清华留美官费研究生考试,以第一名的成绩被录取。他留学美国后,第二年就获得康奈尔大学桥梁专业硕士学位。他对此并不满足,又积极投入实践之中,一边攻读博士学位,一边到一家桥梁厂实习,成为既懂理论又有实践经验的高技能人才。美国的家公司给他寄来聘书,纷纷聘请他担任工程师。他说:"我是一个中国人。我的祖国更需要我,我要回去为祖国服务!"他认为,祖国的需要是高于一切的。所以,他并没有接受聘请,而是决定回国。

1916 年,茅以升获唐山工业专门学校毕业证,后参加清华留美研究生考试,以第一名成绩被录取

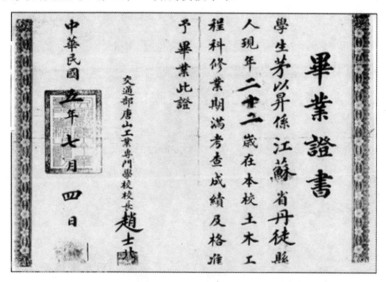

茅以升西南交通大学(曾用名:唐山工业专门学校)毕业证

1919 年,他获得美国卡耐基理工学院博士学位,随即回到自己的祖国,去实现报效祖国的远大抱负。

三

他主持建造了由中国人自己设计和施工的第一座公路铁路兼用现代钢铁大桥——钱塘江大桥,担任了钱塘江大桥工程处处长。钱塘江大桥于 1934 年开工建设,克服了水文条件极为复杂的困难,于 1937 年 9 月 26 日建成通车。然而,为了阻止日本侵略军南下,茅以升于 1937 年 12 月 23 日接到炸桥的命令,忍痛将钱塘江大桥炸毁。当晚,他在书桌上写下八个大字:"抗战必胜,此桥必复。"抗日战争胜利后,他于 1946 年又受命组织修复钱塘江大桥,至 1948 年 3 月修复通车。钱塘江大桥的建造,充分显示了中华民族具有自立于世界民族之林的能力,是中国桥梁工程史上一座不朽的丰碑。

他参与了新中国成立后第一座公路铁路兼用现代化大桥——武汉长江大桥的建造,担任了武汉长江大桥技术顾问委

茅以升主持建造由中国人自己设计和施工的第一座公路铁路
兼用现代钢铁大桥——钱塘江大桥

员会主任委员。武汉长江大桥于 1955 年 9 月开工,于 1957 年 9 月 25 日建成,终于让"天堑变通途",确保了我国南北地区公路与铁路网连成一体,具有重大战略意义。

他参与了北京人民大会堂的建造,担任了北京人民大会堂结构审查组组长。周恩来总理在审查人民大会堂工程时,对茅以升非常信任,并明确指示:"要以茅以升的签名来保证。"他以极端负责的精神,对人民大会堂的结构设计进行了认真地、全面地审查,最后签上自己的名字。

他在中外报刊发表论文 200 多篇,主持编写了《中国古桥技术史》《中国桥梁——古代至今代》,著有《钱塘江桥》《武汉长江大桥》《中国桥梁——古代至今代》《茅以升科普创作选集(一、二集)》《茅以升文集》等。

此外,1948 年,他当选"中央研究院"院士;1949 年至 1951 年,他任铁道技术研究所所长、铁道科学研究院院长;1955 年,他被选聘为中国科学院学部委员(院士);1982 年,他当选美国国家工程院外籍院士;1984 年,他被推选为中国科学技术协会名誉主席。

四

我在 1985 年采访茅以升时,他已达 89 岁高龄,尽管辛勤奔波了一辈子,但他依然精力充沛,身心俱健,这是一生坚持锻炼的结果。于是,我的采访的话题就从这方面谈起……

青年时代,他在南京上中学时,就喜欢各种体育运动,尤其喜欢踢足球。他作为班足球队队员,身材不算高大,也不算很魁梧,但跑动速度快,动作灵巧,头脑冷静,经常在比赛中大显身手。他的"拿手好戏"是埋伏在对方禁区内,接得来球,迅速地控制在脚下,像一条泥鳅一样摆脱防守队员,瞬间破网得分。有的时候,对方队员紧缠不放,他跑到哪里就跟到哪里,可到头来还是让他"钻空子",将球一下捅入网窝。由此,他得了一个"射门猛将"的绰号。

后来,他远涉重洋到美国留学,生活节奏十分紧张,白天听课,晚上读书,点滴时间也不浪费。可一到假日,他就兴致勃勃地走出校门,到风景胜地游览。华盛顿的白宫、纽约的自由女神像、尼亚加拉的大瀑布……都留下他的足迹。在这些地方,他甩开双腿,从这里走到那里,又从那里走到这里,既开阔了眼界,又锻炼了身体。

进入中年以后,他正处于搞事业的"黄金时代",把全部精力投入科研和设计工作之中。在日常的工作中,他的脑子里几乎没有"八小时以内"和"八小时以外"的观念,静寂的夜晚,街上一间间房屋的灯火都熄灭了,唯有他的房间熠熠闪亮……星期天到了,人们的情绪往往松弛下来,好好休息一番,他却很少这样度过,总是独自埋头工作,一时也不放松。

紧张的工作,让他舍不得抽出太多时间参加体育运动——这是他面临的一个矛盾。如何解决才好呢?他找到了一个适合自己的办法,就是洗冷水浴。每天中午和晚上,他端来一大盆冷水,浸湿毛巾从头到脚擦洗身体。过一会儿,身体觉得一阵阵发热了,才渐渐停下来。从三伏盛夏到数九隆冬,从来也不停止;

从家中到外地，也从来不中断。长期坚持冷水浴，有着抵御感冒和做"血管体操"的奇妙效果，从而促进了他的身体健康。

到了晚年，他不仅每天坚持洗冷水浴，而且增加了雷打不动的"百步走"。每天吃罢午饭，他就在房间里迈动脚步，一圈圈地行走，一口气走上几百步才停下来，然后又按照多年形成的习惯用冷水擦身；吃罢晚饭，也绝不会坐在椅子上不再动弹，而是在房间不停地走动，走完一圈又一圈，直至走上

桥梁专家茅以升的平凡生活

几百步……常言道："饭后百步走，活到九十九。"他通过走步增强了体质，从而强健了体魄。

从晚年开始，茅以升还养成一些良好的生活习惯：每天生活十分有规律，按时起床，按时午休，按时入睡，其余时间的各种活动也都安排得井然有序；每天按时吃饭，食不过量，营养搭配适当，总要吃一点玉米面粥，并在里面加上牛奶、蜂蜜和鸡蛋；更加热爱书法，在广泛收集古今字帖、碑拓的基础上，经常挥毫书写条幅——写上一段段名言警句，令人回味不已。

我将他在健身方面的有益做法，写成一篇题为《"老有所为"的根由》的文章，收入我著的《名人健身集粹》一书中。

1989年11月12日，茅以升去世，享年93岁。他不在人世了，可人们依然对他充满了怀念。2016年1月9日，"茅以升与

中国梦——纪念茅以升先生诞辰 120 周年座谈会"在北京人民大会堂举行,各界代表纷纷发言,表达对他的深切怀念,也表达对他的崇高敬意……

这就是他的人生价值!

冯骥才:"有很强的使命感"

一

我与著名作家、画家和文化学者冯骥才交往近 40 年了。

冯骥才于 1942 年出生于天津,现为中国民间文艺家协会主席,国务院参事,天津大学冯骥才文学艺术研究院院长、博士生导师,国家非物质文化遗产名录评定工作领导小组专家委员会主任。此外,曾任中国民进中央副主席,中国文联副主席,中国民间文艺家协会副主席,天津市文联主席。

多少年来,我曾对他进行了很多次采访,也曾安排记者对他进行了很多次采访,给他

冯骥才

刊发了大量报道——几乎每次报道都在社会上引起反响,有些反响甚至是十分强烈的。

我觉得,冯骥才所取得的成果,实在太丰硕了,以至感到很难说得全面,说得深刻。每每历数他的学术成果,我都会情不自禁地想起他的"四驾马车"。他曾这样表露:"一个人在70年里能做和所做的事情太多太多。这里,只能简单地选我最重要、最倾心的四个方面,即文学、绘画、文化遗产保护和教育。"也就是这四个方面,被他比喻为"四驾马车"。

冯骥才公益展览

在文学方面,他创作了大量作品,有的被拍成电影,有的被拍成电视剧;他的作品译本,遍及英、法、美等二十多个国家;他的作品被选入中小学教材,在当代作家中是最多的。

在绘画方面,他已经在多个国家和中国多座城市举办个人画展;他遵循"抒写灵性"和"意境至上"的传统,又追求散文化的"可叙述"意蕴,将传统文人画注入强烈现代气息,以一种"不一样的绘画"在画坛独树一帜。

在文化遗产保护方面,他致力于城市文化和民间文化保护工作,发起中国民间文化遗产抢救工程,成立"冯骥才民间文化基金会",在天津大学主持成立中国传统村落保护与发展中心,脚踏实地做了大量卓有成效的工作;鉴于他在保护文化遗产方面所做的重要贡献,被誉为"民间文化守望者"。

在教育方面,他在天津大学建立"冯骥才文化艺术研究院",目前已拥有一支由博士和研究生组成的学术队伍,承担多项国家社会科学基金和研究基地的工作,科研成果丰硕。

二

他为何取得这般成果? 我清晰地记得,在 20 世纪 80 年代,他就对我说过:"我们这一代作家有很强的使命感。我们的民族需要自我认识,需要总结许许多多的经验教训——这是一种紧张的、高强度的思考。我觉得思想的负荷太重了,肩上的担子太沉了。我们要默默地苦干,要用血和肉去拼搏。"

他就是用这种精神,才取得如今这般成果。

在 2013 年 9 月的一天,当我与西青区一些干部去拜见他时,他突然说出的一番话,更让我深深地铭记。

当时,他已经 71 岁了,

春节前,冯骥才(左)总要去看望
画缸鱼的杨柳青年画艺人

在交谈之中,他颇有感触地说:"我的时间都被工作占满了,我与谢晋有个共识,要把一个工作日,变成两个工作日。"

"怎么能变成两个?"我有些不解地问。

我听了他的进一步讲述,才知他是这样做的:每天上午忙于工作,午间休息一会儿,下午继续忙于工作,到了晚上拖着疲惫身体回到家里,吃过晚饭先睡一会儿;待到体力和精力得到一定恢复,便又开始了新的工作,并一直工作到深更半夜……就这样,他在一天之内的工作,也就变成两天的工作。

这时候,我又蓦地想到,难怪我在以往见到他的夫人顾同昭时,只要一谈起他来,顾同昭总是格外心疼地说:"他太累了!"

以后,每当我回顾冯骥才的"要把一个工作日,变成两个工作日",就想起美国发明大王爱迪生,他一生获得 1093 项专利,令人觉得不可思议,但他道出了其中的"秘诀":"人生太短暂了,要多想办法,用极少的时间办更多的事情。"

我还想起波兰科学家、原子能时代开拓者居里夫人,她直至

让文艺事业在大地上蓬勃成长

逝世前都是每天工作 12 到 14 小时,在测定放射性元素方面做出誉满世界的贡献,两次获得诺贝尔奖,但仍抱有遗憾地说:"我丝毫不为自己的简陋生活而难过,唯

一使我遗憾的是每天的时间太短了,而且流逝得如此之快。"

从爱迪生到居里夫人,再到冯骥才,他们对待时间的态度,能不给人们带来深刻的启迪吗?

冯骥才考察历史文化名村半浦

丁玲:永葆"战士的激情"

一

1984 年初冬的一天,我与《今晚报》记者常新望前往北京木樨地一带一栋高层公寓采访著名作家丁玲……

丁玲生于 1904 年,湖南常德市临澧人,是文学界一位传奇式人物,在中国文学史上做出无可取代的贡献。

丁玲

她毕业于上海大学中国文学系,毕生从事文学事业。1931 年,她出任中国左翼作家联盟机关刊物《北斗》主编,成为鲁迅旗下的一位具有影响的作家。1932 年,她加入中国共产党。1933 年,她被国民党特务绑架,拘禁于南京,宋庆龄、蔡元培、鲁迅等知名人士曾发起抗议和营救活动。1936 年她奔赴陕北革命根据地，成为第一个到达这里的著名作家，受到毛主席和周恩来的欢迎。1941年，她与萧军、舒群等轮流担任延安文艺月会会刊《文艺日报》主编，并在毛主席延安文艺座谈会讲话精神鼓舞下，投身于革命根据地的斗争，积极反映我党我军和广大人民群众的火热斗争生活。然而，在1955年和1957年，她两次遭受极"左"路线迫害，被错划成"反党小集团分子""右派分子"，下放北大荒劳动改造。在"文化大革命"中，她又受到严重迫害。粉碎"四人帮"后，她获得平反，中组部下发《关于为丁玲同志恢复名誉的通知》，推翻强加给她的一切不实之词，肯定她是"一个对党对革命忠诚的共产党员"。

二

丁玲所写作品实在太多了！

她创作的小说，人物形象鲜活，心理刻画细腻，情节跌宕，总能深深打动人们的心弦。她创作的散文，笔墨酣畅，激情奔放，富有很强的感染力。除此之外，她还创作大量评论、杂感、剧作、诗歌、回忆录等，可谓成果丰硕。

她的第一部代表作，是于1928年仅24岁时完成的中篇小说《莎菲女士的日记》。这是一部女性解放题材的作品，用大胆的毫不掩饰的笔触，反映了女主角莎菲倔强的个性和对旧势力的反叛精神，成为在文坛轰动一时的作品。

她的第二部代表作，是于1948年完成的长篇小说《太阳照在桑干河上》。当年，她积极参加华北地区土地改革运动，来到

青年时代的丁玲

桑干河畔,实实在在地与农民生活在一起、劳动在一起,走家串户去吃派饭,甚至与身上长着虱子的老太太同睡一个炕头。她以桑干河畔的温泉屯村为背景,创作了这部长篇小说,再现了中国农村前所未有的巨大变革,塑造了一系列栩栩如生的农民形象,反映了广大农民在中国共产党领导下已经踏上光明的前途。这部长篇小说一经发表就引起很大的反响。1952 年,这部长篇小说获得苏联斯大林文艺奖金,并被译成多种文字,在各国读者中传播。

三

1984 年初冬,我们前去采访丁玲时,她已经 80 岁高龄,仍然壮心不已。她曾说过一句话:"我的灵魂滚动着一个战士的激情。"所以,她还在以"一个战士的激情"而紧张地工作着……

在采访中,她的秘书王增如向我们介绍了更多的情况:

当年,丁玲正在抓紧做两件事情:一件是创办大型文学刊物《中国》,使其尽早问世,成为繁荣社会主义文学的"排头兵";一件是完成正在撰写的三部作品,即反映 20 世纪 30 年代她在南京被国民党特务绑架后一段生活的《魍魉地狱》、反映她在北大荒 12 年劳动改造生活的《风雪人间》和《太阳照在桑干河上》续篇《在严寒的日子里》。这些都如愿以偿了。

晚年丁玲

其实，晚年的丁玲身体并不好，一些疾病带来的痛苦，时时伴随在身边，怎么也甩不掉。医生曾反复叮嘱她："少写东西，少看东西，少接待客人，多多静养。"可是，这对于她来说，却是难以做到的。

她依然在高度紧张的节奏中度过：每天凌晨5时，人们还在熟睡，她就起床伏案疾书；到了7时，她开始吃早点，随后又埋头写作到11时；中午躺在床上休息1小时，便又起来工作，或是写作，或是看书；晚上除了会客以外，还要工作一阵子，到晚10时才就寝。一位饱经沧桑的老人，还能承担如此繁重的工作量，而且屡出成果，真乃少见，她究竟有何健身的"秘方"吗？

四

她的"秘方"十分简单，那就是散步。

常言道："人老先从腿老。"丁玲感到，为了抵御从"腿老"开始的整个人体的衰老，就必须坚持散步。她曾经向人们讲过散步的好处：如果每天散步甚少，双腿就先于其他器官而衰老；如果每天都散步,不仅锻炼了双腿,还提高了消化系统、呼吸系统和心脏的功能,可以增强体质。由此,我国民间广为流传的《十叟长寿歌》,才提倡"饭后百步走""安步当车久"。所以,丁玲一直保持着散步的习惯。

每天上午 11 时,她准时放下手头的工作,从木樨地一带的家中走出来,一口气走到南礼士路,再由原路折回,大约需要一个小时。吃罢晚饭,她还经常"梅开二度"——继续挤出一些时间去散步。有时候,天气不尽如人意,或是下起淅淅沥沥的雨水,或是飘起纷纷扬扬的雪花,她就进行"特殊的散步"——在家中的楼里慢慢地爬楼梯,一步步地爬到 9 层,再从 9 层下来,也达到了散步一样的效果。

坚持不懈地散步,确实给丁玲带来莫大的好处,使她的疾病得到一定的控制,在一定程度上增强了体质。她不止一次深有感触地说:"散步,真使我的身体大大受益,使我的工作获得了动力。"

1986 年 3 月 4 日,丁玲与世长辞,享年 82 岁。在她的家乡常德市,建起了"丁玲公园";在她为写《太阳照在桑干河上》而深入生活的温泉屯村,建起了"丁玲纪念馆"。这是人们对她的最好怀念!

张乐平：与群众产生共同感情

一

1983 年 5 月和 1984 年 7 月，我曾两赴上海采访以画"三毛"而久负盛名的漫画家张乐平，不仅收获颇丰，而且还与他结下深深的情谊……

20 世纪五六十年代，我在上小学时，同那个年代所有学生一样，是读着张乐平创作的《三毛流浪记》长大的。在我的记忆里，"三毛"身材瘦削矮小，大脑袋上竖立着 3 根卷发，眼睛又圆又大，鼻子往上翘，是一个长着奇特模样的流浪儿。新中国成立前，他从苏北农村来到上海，举目无亲，无家可归，衣食无着，吃贴广告用的糨糊，

张乐平

睡在垃圾车里,冬天披破麻袋御寒,为了生存又卖过报纸,拾过烟头,擦过皮鞋,当过学徒,帮别人推黄包车……他总是受人欺侮,所挣的钱连吃饭都不够。然而,他又很聪明,也很幽默,面对强暴并不畏惧、不屈服,常常做出机智的举动。"三毛"的命运反映了旧社会人世间的冷酷、丑恶、欺诈和不平,但更为宝贵的是强烈地激发了每一个善良人的同情心。《三毛流浪记》是一本颇受广大青少年喜爱的书,"三毛"也成为一个家喻户晓的人物,教育了几代人,陪伴了几代人的成长。

张乐平和三毛的漫画像

二

张乐平于 1910 年 11 月出生于浙江海盐县,父亲是一位小学教师,母亲擅长刺绣、剪纸并喜欢绘画。在母亲的熏陶下,他从小也喜欢上了绘画。1925 年,他小学毕业后到上海郊区一家木器行当学徒,乐于慈善的老板知道他喜欢绘画,给了他许多的鼓励和支持,使他的绘画水平提高得很快。后来,他又在上海进入私立美术学校学习,同时为广告公司绘制广告画,为教科书作插图等。

20 世纪 30 年代初,他开始进行漫画创作,上海的许多报刊都不断刊登他的漫画,使他成为颇有名气的漫画家之一。

1935 年夏秋之后,张乐平所创作的漫画出现"三毛"的形象,成为当年贫苦流浪儿童悲惨命运的象征,很快就引起广大读者的关注。

《三毛流浪记》手稿

抗日战争爆发后,张乐平满怀爱国激情,与上海一些漫画家迅速组织救亡漫画宣传队,从 1937 年起先后奔赴苏、浙、皖、鄂、湘、桂、赣、闽、粤等地,向广大民众进行抗日的宣传。在救亡漫画宣传队中,他是辗转各地最多、坚持战斗岗位最久的漫画家。

抗日战争胜利后，他又返回上海，开始新的漫画创作生涯。1946年，他创作了《三毛从军记》系列漫画，在上海《申报》连载。这一系列漫画反映了在抗战期间无家可归的"三毛"进入了新兵营，他那矮小的身材穿着宽大的军装，不时被人故意捉弄，闹出许多笑话，但他凭借自己的智慧，在紧要关头立了大功，成为大家喜欢的小英雄。在《三毛从军记》中，一个机警、果敢的"三毛"形象跃然纸上，在社会上一度引起轰动。

1947年，他创作的《三毛流浪记》系列漫画，又开始在《大公报》连载，引发了更为轰动的反响。

三

1984年7月，我与《今晚报》记者祝相峰一起对张乐平进行采访，听他详细讲述了创作《三毛流浪记》的经过：

新中国成立前夕的上海，一片破败衰微的景象，工厂倒闭，农村歉收，物价飞涨，在街上挤满衣衫褴褛的乞丐，其中儿童乞丐特别多。每天，都有一辆接一辆的汽车，将一堆堆死尸运往郊外。而达官、阔佬和洋人，却终日沉浸在花天酒地之中。目睹这般情景，他的深切同情之心难以平

张乐平在三毛漫画作品中为
读者题写的祝福

静,于是就主动地画起《三毛流浪记》。当时,他每天都画一幅,在《大公报》连载,吸引了大批读者争相阅读。

令人十分感动的是,当年有许多小读者将零用钱寄到报馆,要求转给"三毛";有不少大学生将自己的鞋子、衣服和零用钱送到报馆,要求接济"三毛";在上海的宋庆龄热情地建议建立收容流浪儿童的"三毛乐园",并举办"义卖展览会",高价出售"三毛"漫画筹措资金。然而,《三毛流浪记》的问世,也引起反动派的不快,给他寄来不少恐吓信。对此,他一概置之不理,一直坚持到上海解放……

新中国成立后,他一直是专业画家,又相继创作了《三毛迎解放》《三毛翻身记》《三毛今昔》等系列漫画;从20世纪70年代后期开始,他还创作了《三毛学雷锋》《三毛爱科学》等系列漫画。

《三毛流浪记》出版后,不知再版了多少次,每一次最少印七八十万册,但还是供不应求。他经常收到来自全国各地读者的来信,向他索购这本书。一位读者给他寄来一封信,说是《三毛流浪记》教育了他们一家三代人,现在这本书已经磨坏了,于是给他寄来留作纪念。然而,还要让孩子看这本书,却总是买不到,请他一定寄一本来。他读罢这封读者来信分外感动,很快就将一本崭新的《三毛流浪记》寄去。

我们在采访中还得知,1983年,张乐平谢绝了海外收藏家以高价购买《三毛流浪记》原稿的要求,将《三毛流浪记》原稿234组漫画,全部捐献出来,由中国美术馆收藏。文化部在北京举办了隆重的《三毛流浪记》原稿捐赠仪式,向他颁发了荣誉证书。

其实，张乐平还是一个艺术上的多面手，除了漫画，他创作的年画、水彩画、国画、速写、素描和插图等，都已达到很高的水平。他创作的年画还曾在全国美术作品展上获得一等奖。当然，他在艺术上所取得的最突出成就就是漫画，而漫画作品中最引人注目的又是《三毛流浪记》。

我与祝相峰将这次采访的内容，以《"三毛"还年少 呼之又重来》为题写了一篇专访，刊登于 1984 年 7 月 18 日《今晚报》文化版，引发了很多读者的回忆，也让很多读者发出感慨……

四

《三毛流浪记》的影响是广泛而深远的……

早在 1949 年，《三毛流浪记》就被上海昆仑电影制片厂拍成影片；1958 年，《三毛流浪记》被上海美术电影制片厂拍成动画片；1980 年，《三毛流浪记》又在香港被拍成影片；1996 年，《三毛流浪记》被中央电视台拍成电视剧；2006 年，《三毛流浪记》再度被中央电视台拍成动画片。

《三毛流浪记》还被译成多国文字在国外发行。2015 年，在一年一度的第 42 届法国昂古莱姆国际漫画节上，《三毛流浪记》法文版荣获文化遗产奖。法国昂古莱姆国际漫画节与美国圣迭戈国际漫画节同为国际漫画节两大盛会，其中的文化遗产奖是法国昂古莱姆国际漫画节一个重要奖项。第 42 届法国昂古莱姆国际漫画节，有来自世界各地 10 部作品入围文化遗产奖，评委会最终决定将其授予《三毛流浪记》法文版,以强调"这部作品在世界漫画史的重要意义"。出版《三毛流浪记》法文版的一家法国出版社负责人还指出:"三毛不仅仅属于中国,更是全世界文化遗产。"

五

张乐平与台湾著名女作家陈懋平之间的一段佳话,曾在社会上广为流传……

陈懋平的笔名叫三毛,是台湾最受读者喜爱的作家之一,在大陆也拥有许多喜欢她的读者。

她的笔名为何叫三毛呢?

原来,她在幼年时看的人生第一本书,就是《三毛流浪记》。她从这本书中看到了人世间最真实的一面,懂得了同情那些生活在最底层的孤苦儿童,并感受到"三毛"这个流浪儿身上的坚强性格和正义感。后来,她长大了,而当她第一次写书时,就决定以三毛作为笔名。

在长期写作生涯中,三毛一直想认张乐平为"爸爸"。她在写给张乐平的信中说:"不认'三毛'的爸爸,认谁做爸爸?"1989年4月5日晚,三毛从台湾取道香港飞往上海,飞机刚一落地,就径直奔向张乐平家

张乐平与作家三毛

里。当时,张乐平早早就在家门口迎候,与三毛刚一相见,只见三毛的眼泪就哗哗流下来,嘴里不停地喊他"爸爸"。张乐平的老伴儿冯雏音身体不适在屋里迎候,三毛走进屋里,又连声喊她"妈妈"。在同两位老人亲切交谈中,三毛还拉了个垫子,跪下来给他俩磕头。张乐平感慨地说:"没想到画'三毛'画出个女儿来,这真是没有想到,让我好高兴啊!"

当晚,三毛就在张乐平家里住下来。

在以后的岁月里,三毛多次来到上海,在张乐平家里一住就是不少日子,与张乐平结下深厚的"父女情"。

1991年1月,三毛在台湾患病住院要做手术。张乐平于1月4日让儿子给她打电话,一直也打不通。随后,很快得知她在当天自杀辞世。张乐平得知这一噩耗,顿时泣不成声,强忍悲痛地说:"我画了一辈子'三毛',想不到画出一个女儿,现在又没有了!"当晚,他几乎没有合眼,哭了整整一夜。

六

我于1983年5月采访张乐平,是以《天津青年报》记者身份进行的,主要请他就如何画"三毛"以及创作高水平漫画,向广大青年漫画作者介绍一下体会。

他欣然应允了。

他说:不论新中国成立前,还是成立后,我总是主动地接近儿童,还与一批儿童成为好朋友。在接近当中,我注重了解他们的思想,留心观察他们的动作、姿态和造型。这样我就搜集到不少好素材,给我的创作带来很大方便。后来,我接近的儿童都已长大成人了,仍不时地给我写信,向我倾诉衷肠。

他说:进一步讲,要画好漫画,就必须采取主动——即主动地接近群众,主动地到群众中去。做到了这一点,就会和群众产生共同的感情,从群众那里获得大量活生生的素材,从而创作出好作品。与此同时,我们也能为群众做出一些贡献,即让他们在思想上受到一定的教育。

他说:画漫画不是为了滑稽。单纯追求滑稽,那就庸俗了。庸俗虽然引人发笑,但是没有思想内容,只是一笑而已,不好回味,不好让人们从思想上有所启迪。好的漫画也引人发笑,却能使人们在笑声中受到思想教育。这样的笑有两种,一是感到自己的错误言行被讽刺了,从内心发出羞愧的苦笑;二是看到他人的错误言行被讽刺了,产生了同感,引起了思想的警戒。当然,在人民内部,讽刺必须是与人为善的。要真正创作出好的漫画,除了具备一定的理论和艺术修养之外,一定要主动地深入生活,把心紧紧地和群众贴在一起。

他最后说:在深入生活的时候,还应做一个有心人,目光要锐利,反应要机敏。这样才能一下子抓到正确的题材。如果是一个无心人,就会"身在宝山不识宝",让好的东西从身边溜走。希望青年漫画作者一定要深入群众中去,投身到火热的生活中去。

我将这次采访的内容,以他的名义整理成一篇题为《到群众中去学画漫画》的文章,经他审定并签上自己名字后,连同我给他拍的一张照片,一起发表在 1983 年 5 月 7 日《天津青年报》

晚年的张乐平

"人生探索"版。

1992 年 9 月,张乐平不幸逝世,享年 82 岁。目前,张乐平艺术馆已在他的家乡浙江海盐县城建成,由文学巨匠巴金提前题写好馆名。整座艺术馆,结构精巧,造型独特,环境清幽,展出了"三毛"系列漫画的大部分原作,陈列着历年出版的画集,并不断地放映有关"三毛"的电影、动画片、电视剧……张乐平艺术馆已被命名为"浙江省爱国主义教育基地",前来参观的人们络绎不绝,这是他为教育下一代做出的又一贡献。

张乐平纪念馆

周汝昌："把成果留给后人"是幸福的

一

　　著名红学家、文化大师周汝昌，是我十分景仰的人。我从读他的文章，到了解他的为人，到与他相见，又以他的文章作为我写的一部书的序言……都越发加重我对他的敬重。

　　周汝昌于 1918 年 4 月出生在天津南郊咸水沽镇。他从小就聪颖好学，有着惊人的记忆力。他曾就读于南开中学、燕京大学西语系，后考入燕京大学中文系研究生院，并先后供职于华西大学、四川大学、人民文学出版社和中国艺术研究院。他于 1947 年开始涉猎《红楼梦》研究，得到"新红学"开山大师胡适

学生时代的周汝昌

的指点、帮助。在此后几十年里，他都一直致力《红楼梦》研究，出版有关著作几十种。其中，最具影响力的是1953年出版的《红楼梦新证》，这是红学史上一部具有开创意义的重要著作，奠定了当代红学研究的坚实基础；历经数载潜心研究而成的《石头记会真》，则是当代《红楼梦》版本研究之最。他重点考证了《红楼梦》作者曹雪芹的身世和家庭，仔细研读了大量清宫档案，得出《红楼梦》是自传体小说的观点，提示了隐藏书中的深刻内涵，论评了《红楼梦》的伟大艺术成就，因而被誉为当代"红学泰斗"。

周汝昌不仅对《红楼梦》有重要研究，而且在诗词、书法、戏曲和翻译等领域，也有颇深的造诣，取得累累成果。

对于周汝昌来说，最幸福的就是"把成果留给后人"。

二

我从20世纪80年代起，就经常在《今晚报》副刊阅读他的文章。在我的印象中，关于《红楼梦》内容的文章是最多的，他为《红楼梦真故事》专栏写文章，每逢周日发表，后来集纳成书。还有，就是关于天津地方史的内容，他也发表许多文章。此外，他还发表关于书法、戏曲和其他内容的一些文章。他的这些文章，深受广大读者的欢迎，为《今晚报》副刊大大"增色"。

我与周汝昌的一次相见，大约是在20世纪90年代末。当时，受红桥区有关部门邀请，著名作家、文化大师冯骥才和我来这里进行座谈，冯骥才对红桥区历史文化发掘和提升，提出了精辟见解和建议。随后,我们又参加水西庄文化研讨会,恰好碰上从北京赶来参会的周汝昌。同时,还与红桥区文史专家韩吉辰见面。

周汝昌面容清癯,慈眉善目,语气平缓,举止彬彬有礼,让人觉得特别和蔼可亲。他得知我是《今晚报》记者,一见到我就主动地说:"《今晚报》办得很有特色,是我很喜欢的一份报纸。"

<h2 style="text-align:center">三</h2>

他一直关注天津的水西庄。位于南运河畔的水西庄,建于清代雍正元年(1723年),兴盛于乾隆年间,是盐商查日乾、查为仁父子的私家园林。清代文人袁枚在《随园诗话》中,将水西庄与扬州小玲珑山馆、杭州小山堂并称为清代"三大私家园林"。水西庄以水面取胜,景色十分幽雅,景点命名极为考究,堪称园林文化精品,曾吸引大江南北文人墨客纷纷慕名而来。

水西庄"声名大振",更是由于乾隆皇帝曾4次驻跸,在这里留下御笔诗,并赐名"芥园"。

在与周汝昌交谈中,我得知他对水西庄文化给予很高评价,曾于1986年在《今晚报》副刊发

周汝昌在曹雪芹祖居故里

表一篇文章,提出"藕香名榭在津门"的观点,为水西庄文化研究提出一个重要课题。

后来,我又得知韩吉辰进行了20多年的潜心研究,在一批珍贵历史资料中,发现水西庄与《红楼梦》中大观园有千丝万缕的联系,肯定了水西庄是大观园重要原型之一。

周汝昌晚年扔孜孜不倦

大观园应是高度概括中国园林艺术的创造,应该有一所或几所清代园林作为原型,经过曹雪芹亲身体验并进行艺术再加工而成。令人称奇的是,大观园一些轩馆名称与水西庄中轩馆名称有着惊人的相似。水西庄有一处"藕香榭",大观园也有一处"藕香榭",名称完全一样。此外,水西庄有"揽翠轩",大观园有"拢翠庵";水西庄有"秋白斋",大观园有"秋爽斋";水西庄"湘中阁"外边有一片竹林,大观园"潇湘馆"外边也有一片竹林,不一而足。可见,曹雪芹笔下的大观园与水西庄有着不可割舍的渊源。

在当年,曹雪芹的曹氏家族与查氏家族也过从甚密,交往频繁。

于是,韩吉辰将潜心研究的成果,写成一部专著《红楼寻梦·水西庄》,这是他做出的一个难能可贵的贡献。周汝昌对此给予充分的支持,专门写诗赠给韩吉辰以示鼓励:"藕花香散水西庄,说到红楼意味长。独有痴人心最痴,夜深考索待朝阳。"这既是对韩吉辰表达的情意,也是对水西庄文化吐露的情怀。

四

让我非常感动的是,在 1989 年初夏,我与《今晚报》记者张建起采写的关于"特卡乔娃寻母"连续报道,引起周汝昌的格外关注,他特意写来一篇题为《悲欢离合》的杂谈,在《今晚报》副刊发表。后来,我根据这段佳话写了一部长篇纪实小说《跨国寻母传奇》,他的这篇感情洋溢的杂谈,也就自然而然地成为该书的序言。

特卡乔娃于 1941 年生在天津,母亲是中国人,父亲是俄罗斯人。她于 1947 年随父亲从天津回到苏联,定居伏尔加格勒市,当时才 7 岁。母亲曹丽君和妹妹伽丽亚则留在了天津。43年来,她无时不渴望回到中国,见到母亲和妹妹。

1989 年 5 月 25 日,特卡乔娃从伏尔加格勒市给时任《今晚报》总编辑李夫写了一封寻亲信。她在信中写道:"用语言无法表达我这些年来,特别是儿童时代对母亲和妹妹的思念。直到现在,我还经常梦见在天津的家里和妈妈在一起。""我可能马上就到中国来——我知道这么复杂的事情会给你们添不少麻烦,但我恳求你们能理解我的心情,因为你们是我最后的希望了!"

看完信后,李夫决定在第二天的《今晚报》一版,全文刊发特卡乔娃来信、随信寄来的特卡乔娃3张照片和她父亲的1张照片,发动全市的市民帮她寻找。

1976年后,周汝昌、毛淑仁与回京的三个女儿

这是一件大海捞针的事!

然而,由于得到广大市民的热情支持,几经周折之后,终于奇迹般地为特卡乔娃找到移居美国的母亲和妹妹。

在这一过程中,我与张建起进行了连续报道,先后刊发27

篇消息、通讯和特写,并配发 14 张照片。如果将这组连续报道一篇篇地读下去,就会读到一个跨时 43 年,涉及中、美和苏联三国的充满传奇色彩的故事。

这组连续报道成为当时引起国内外轰动的新闻,《人民日报》《新华社》《中央电视台》《中央人民广播电台》《中国国际广播电台》《光明日报》《工人日报》《中国青年报》《中国妇女报》,中国香港的《大公报》《华侨日报》《晶报》,美联社、塔斯社、法新社,东南亚一些国家的报纸,都进行了广泛的、深入的报道。

就在这时,周汝昌在《今晚报》副刊发表了题为《悲欢离合》的杂谈,抒发了他对特卡乔娃寻母一事产生的深深感慨。

他写道:"特卡乔娃的这段故事,在人间'事海'中也只是一点涓滴,然而这个涓滴,却在我们的脑海里荡起了一环不寻常的涟漪,这涟漪的圆纹,正在逐渐展大、展大,它波动了我的故乡天津,也波动了海外。"

他写道:"《今晚报》头版上的一栏披露和报道,既引人入胜,又感人肺腑。这个报纸的报风与文风,是天津特有的。这其实,也还是天津风土人情的一种反映,而不是别的。"

他还写道:"特卡乔娃的故事,牵动了中国、苏联、美国这三个伟大国家人民的心。""天津有好手笔,写写这段悲欢离合的故事吧! 天津也有好舆论,评评为这段故事的完成做出贡献的报界和市民的功绩吧! 这不是个人的荣誉,是天津的,也是中国的。"

这篇杂谈虽然不长,却尽情地倾诉了他对特卡乔娃寻母一事的惊叹,倾诉了他对家乡天津这一义举的赞叹⋯⋯

后来，我根据这段佳话写了一部长篇纪实小说《跨国寻母传奇》，由百花文艺出版社出版。我并没有请其他名家为此书写序，他的这篇杂谈就成为最好的序言。

2012年5月31日，周汝昌不幸去世，享年95岁。在他生前，很多人由衷地钦佩他；在他去世后，很多人又深切地怀念他……我每每想起他对特卡乔娃寻母生发的感慨，总是对他充满一种特有的怀念。

有着高尚品德

　　品德，就是道德品质，是人们依据一定的道德规范所形成的稳定的心理状态和行为习惯。一个人具备了高尚的品德，不论有人约束还是无人约束，也不论有人知道还是无人知道，都不会放松对自己的要求，并非常自觉地按照道德规范去干事情、干事业。

吴大猷:学为典范　德为楷模

一

1992年6月4日,著名物理学家、被誉为中国物理学之父的吴大猷,回到阔别多年的母校——南开大学。我与《今晚报》记者顾建新兴致盎然地前去采访,参加了他在南开大学的一些活动,也参加了南开大学授予他名誉博士学位的典礼……

吴大猷

吴大猷生于1907年,广东高要人。1921年,他考入南开中学;1925年,他考入南开大学,先念矿学,后来进入物理系学习;1929年,他留在南开大学物理系任教;1931年,他获得中华教育文化基金董事会奖学金,赴美国密歇根大学深造;1933年,他在密歇根大学取得博士学位。

1934 年,他回到中国,在北京大学任教;1938 年,他在抗日战争的烽火中来到昆明,在西南联大物理系任教。

1946 年,他再赴美国,在密歇根大学任客座教授,后又去哥伦比亚大学工作;1949 年,他受加拿大国家研究院聘请,主持理论物理组工作,并在后来获选加拿大皇家学会会员;1965 年,他又回到美国,在纽约大学布法罗分校任物理与天文系主任。

1978 年,他从纽约大学退休,长居中国台湾;1983 年,他担任台湾"中央研究院"院长。

1992 年 5 月,他在时隔 46 年后重回祖国大陆,为两岸科技学术交流做出积极的、无可替代的贡献……

吴大猷的研究领域,涉及原子和分子理论、相对论、经典力学和统计力学等方面,尤其在原子和分子的一般理论研究方面做出了重大贡献。他还撰写了大量很有学术价值的论文和专著。他不仅在中国物理学界而且在世界物理学界,都享有盛誉。

二

他的一生,培养了一大批物理学家,并且都卓有建树。

诺贝尔奖获得者杨振宁、李政道就是他在西南联大物理系任教时的学生。

1957 年,杨振宁、李政道合作提出"宇称不守恒"理论,获得诺贝尔物理学奖。这两个人获奖后,都不约而同地想到同一个人,也都同时立刻提笔写信给这个人,而这个人就是他们特别尊重的老师吴大猷。

李政道在接到获得诺贝尔物理学奖电话通知的当天上午,给吴大猷写了这样一封信——

"大猷师尊鉴:科技界通知,杨振宁和我获得 1957 年诺贝尔物理学奖——现在的成就大部分是源于在昆明时您的教导,假如在 1946 年您没有给我这个机会,那我就不可能有今天的光荣。"

杨振宁同样是在接到电话通知之后,写了这样一封信——

"大猷师:值此十分兴奋,也是该深深自我反省的时候,我要向您表示由衷的谢意,为了您在 1942 年曾引我进入对称原理和群论这个领域,我以后工作的大部分,包括宇称的工作,都直接或间接与 15 年前的那个春天,从您那学到的概念有关。这是多年来我一直想要告诉您的情意,今天或许是最好的时刻。"

著名物理学家吴大猷和周同庆的

吴大猷对这两个学生获得诺贝尔物理学奖,心中非常高兴,但在后来撰写的《回忆》一书中,却做出这样的回答:"近年来,杨、李成就卓然,国人常提及二人为我的学生,并以李与我的机遇传为美谈。实则我不过是适逢其会,在那时遇上他们而已。譬如两粒钻石,不管放在哪里,终还是钻石。"

我国"两弹元勋"邓稼先,也是他在西南联大物理系任教时的学生。

邓稼先在西南联大物理系毕业后,一心想去科技发达的美国学习先进科技知识,然后报效自己的祖国。他于1947年通过赴美研究生考试,翌年进入普渡大学研究生院学习。由于他的学习成绩十分突出,不到两年就读满学分,并通过博士论文答辩,获得博士学位。此时,他只有26岁,被人们称为"娃娃博士"。

邓稼先谢绝了学校的挽留,放弃了优越的工作条件和生活条件,毅然回到祖国,埋头从事核物理研究。邓稼先是中国核武器研制的主要组织者、领导者,始终工作在中国核武器研制的第一线,领导许多科技人员,成功地设计了中国的原子弹和氢弹,并达到世界先进水平。

不幸的是,邓稼先在一次实验中受到核辐射,患了直肠癌,于1986年7月29日不幸去世,终年62岁。

邓稼先去世后,于1987年至1989年被追授两项国家科技进步奖特别奖,又于1999年被追授"两弹一星功勋奖章"。由于邓稼先对中国核武器研制做出的重大贡献,被誉为"两弹元勋"。

三

最令人难忘的是,1992 年 5 月 17 日,吴大猷以 85 岁的高龄,不辞辛劳地率领代表团从台北经香港飞抵北京——这是几十年来台湾最高学术权威第一次赴大陆访问,是两岸科技交流具有历史意义的一幕。

在北京期间,他参加了由李政道组织的"首届东亚、太平洋、美国超导超级对撞机物理实验和技术研讨会",与科学家们进行了交流。他还特地参观了正负电子对撞机——他亲眼看到大陆科技人员主要依靠自己的力量,在短短几年时间建成这样一个世界一流水平的高科技设备,心中兴奋不已。

5 月 31 日,他参加了在钓鱼台国宾馆举行的"中国当代物理学家联谊会",300 多名中外物理学家出席,这是中国物理学界一次空前的盛会。江泽民等党和国家领导人亲临祝贺,并亲切会见了包括吴大猷在内的老一代中国物理学家。

江泽民对吴大猷做出这般评价:"吴先生毕生献身于科学研究和教育事业,为中国科学发展做出了重大贡献,在世界物理学界享有盛誉。吴先生关心国家统一,致

吴大猷在授课

力于民族富强,并且为海峡两岸科学学术交流做出了杰出的贡献,为两岸同胞所赞誉。"

吴大猷在访问了60年前执教的北京大学之后,于6月4日回到母校南开大学,我与顾建新前去采访,目睹了他在南开大学参加一些活动的过程……

四

到了南开大学,他乘坐的汽车从复康路上的大门驶进校园,沿着林荫道缓缓行驶。陪同人员为的是一边让他看一看气派的教学楼和实验楼、优雅的图书馆、清幽的马蹄湖,一边向他介绍有关情况,从而亲身感受校园的变化。他高兴地说:"母校发展的规模和学术上的成就,完全超出我的想象!"

6月5日下午,在南开大学东方艺术楼会议厅,举办了"南开大学授予吴大猷名誉博士学位典礼"。

著名数学大师陈省身、诺贝尔物理学奖获得者杨振宁以及一些国内外学者出席了典礼,南开大学原校长母国光向吴大猷颁授了南开大学名誉博士学位证书,同时赠送了吴大猷在南开大学学习时的成绩单附件。

在典礼仪式上,一幕感人的情景给我留下非常深刻的印象:

杨振宁登台特意讲了一个鲜为人知的事情,就是当年他在西南联大物理系学习时,校方要求学士学位的学生每人撰写一篇论文,他为此向吴大猷求教,吴大猷热情地给他出了"群论与分子物理学"的题目,他欣然应允。这一件事,后来对他的一生都产生了重要影响,他把一生三分之二的精力都用于这方面的研究,并于1957年以"宇称不守恒"理论,与李政道一起获得诺贝尔物理学奖。

杨振宁讲完这件事后,深情地说:"我对吴先生一生都感激不尽!"此刻,会场响起一阵热烈的掌声。

当授予博士学位仪式快结束时,吴大猷在致答词中特意说了这么几句话:"刚才杨振宁教授说了我很多很好的话,我不敢当,觉得不是在说我。我谢谢他的好意!"

当然,吴大猷更没有忘记再过3天——6月9日,是杨振宁70寿辰的日子,届时南开大学将举行祝寿活动。吴大猷在天津不能久留,但早已为杨振宁准备好了礼物。他向杨振宁赠送了台北故宫博物院的一幅国画——《长江万里图》(非原件),激励他热爱中华大好河山,为中华繁荣昌盛贡献力量。此刻,会场再次响起热烈的掌声。

我与顾建新写了一篇以《一生结交在终始》为题的特写,在1992年6月6日《今晚报》一版发表,记录了这一幕感人的情景。

吴大猷回到台湾后,对祖国大陆日新月异的变化,总是溢于言表,甚至准备回大陆定居,但因病魔缠身终究未能实现这一愿望。

2000年3月4日,他在台湾病逝,享年93岁。

2008年6月7日,"吴大猷先生百年诞辰纪念会"在北京人民大会堂举行,这是中国科学界的一次"群英荟萃"。全国人大常委会原副委员长、中国科学院原院长路甬祥,全国人大常委会

物理学家吴大猷(右一)九十华诞庆典

原副委员长、中国科学院原院长周光召,全国政协原副主席、中国工程院原院长朱光亚,北京大学原校长陈佳洱,南开大学原校长母国光,诺贝尔物理学奖获得者杨振宁、李政道等,通过即席发言和书面发言,表达了对吴大猷的深切缅怀,这是对他的最好纪念!

杨石先：要有学养，也有品德

一

    20 世纪 70 年代末和 80 年代初，我作为《天津日报》政教部记者，负责高等教育领域的新闻报道工作，经常到南开大学进行采访并参加一些会议和活动，与著名科学家、教育家和时任南开大学校长杨石先有过许多接触，也曾不断对他进行采访。

    我对杨石先越是深入了解，就越是对他充满深深的敬仰。

    杨石先于 1918 年在清华学堂毕业后，去美国康奈尔大学深造，1923 年回国任南开大学教授。1929 年，他又去美国耶鲁大学研究院任研究员，获得有机化学博士学位。1931 年，他再度回到南开大学任教授兼理学院院长。抗日战争期间，他随南开大

杨石先

任命杨石先为南
开大学校长

总理 周恩来

1957年4月29日

第7138号

1957年,杨石先被任命为
南开大学校长

学南下昆明,任西南联大教授
兼教务长。1948年,他任南开
大学代理校长,此后于1952年
起任南开大学副校长,于1957
年至1980年任南开大学校长,
于1980年至1985年任南开大
学名誉校长。

杨石先从教达62年之久,
是新中国成立以来任期最长的
大学校长,更是有着广泛而深
远影响的大学校长。

1923年冬,杨石先(右二)在南开大学西村与张伯苓校长(左三)等人合影

二

他作为教育界一代宗师，作为我国化学界泰斗，其一生有着许多熠熠生辉的"闪光点"：

1949年，杨石先作为教育界代表，参加了第一届中国人民政治协商会议，荣幸地见到毛主席、周恩来总理。10月1日，他出席了开国大典，在天安门城楼上，周恩来总理亲自把他介绍给毛主席："这是天津南开大学负责人、老科学家杨石先同志。"毛主席和他紧紧地握手，并用亲切的口吻说："你在教育岗位付出了多年的辛勤劳动！"这是毛主席对他的充分肯定。

1956年，杨石先参加了由周恩来总理主持的我国12年科学技术远景规划编制工作，并向中央领导同志做了"化学科学与国民经济的关系"报告，论述了化学科学及其领域在我国国民经济中的巨大作用，为在化学科学方面制订远景规划提供了依据；同时，还特别提出化学科学的研究只有与我国国民经济的需要紧密结合起来，才能发挥巨大威力。他的报告受到高度重视。在周恩

1955年，杨石先当选中国科学院院士

来总理亲自关怀下,他接受了农药研制任务,大规模地开展了这方面的研究工作。

1958年,杨石先在南开大学化学系办起"敌百虫""马拉硫磷"两个农药车间,带领这里师生取得可喜的科研成果,对推动农业生产发挥了积极的作用。毛主席亲临这里进行视察,对这一工作给予很高的评价。

1962年,杨石先又一次受周恩来总理的委托,建立了我国高等院校第一个化学专业研究机构——南开大学元素有机化学研究所,并亲自担任所长,开展了这一新领域的研究工作,培养了一批专业人才,并有一批成果获得国家科技一等奖。

1977年,杨石先出席了邓小平恢复党内外一切职务后召集的第一个会议——"科学与教育工作座谈会"。33位著名科学家、教育家出席这一会议。会上,杨石先针对如何把科学技术搞上去提出四点建议:一是成立国家科委,以统一规划、指导、协调全国科技工作;二是通过一定方式选拔优秀科技人才,保证科技队伍后继有人;三是采取措施把中年教师从烦琐事务中解放出来,充分发挥他们的骨干作用;四是在中国驻美国联络处设科学秘书,加强同美籍华人学者的联系。他的建议受到邓小平的肯定和赞扬,并被有关部门采纳。

1978年,杨石先主持的南开大学元素有机化学研究所10项成果,在全国科学大会上受到表彰,他也荣获在全国科技工作中做出重大贡献的先进工作者称号。

三

在我与杨石先的接触中,留给我的一个颇为深刻的印象,就是尽管他取得这样大的成就,有着这样大的名气,却十分平易近人,十分低调。

他总是那么"内敛而不张扬",待人接物彬彬有礼,说话的语速不急不缓,语气也很温和,带给人们和蔼可亲的感觉。

当年,我还了解到,杨石先又是一个严格自律的典范。他作为一校之长达数十年之久,始终不为自己配备公务专车,赴北京开会有时乘火车坐硬座,远程出差乘飞机也坐经济舱。他公私分明,达到几近苛刻的程度。他的私人函件,都是使用自己的信封、信笺,贴足邮票后交人寄出,从不搭"邮资总付"的便利。

后来我又了解到,他在银行存款不多,在他去世后,其子女将存款捐作奖学金,用以奖励品学兼优的学生。他的学养和品德互为表里,尤显崇高的人格魅力!

四

我在20世纪80年代初期对杨石先关于"健身"的一次采访,至今让我记忆犹新。

1976年,随着"四人帮"遭到彻底覆灭,知识分子的春天到来了。当时,年近八旬的杨石先心头沉重压抑之感顿时消失殆尽,脸上总是洋溢着兴奋的神情,浑身觉得有使不完的劲头,仿佛正在"返老还童"。他暗暗下定决心,一定要在"生命之神"留给自己的最后的时间里,加倍努力工作,重整处于一片混乱的教育事业,迅速改变南开大学面貌。

工作的重担,接连不断地落到他的肩上。他除了担任南开大学校长、南开大学元素有机化学研究所所长职务,还在全国政协、国家科委、中国科协、中国科学院、中国化学协会等部门兼任十几个职务。在南开大学,他和其他同志一起抓了落实知识分子政策、整顿教师队伍、提高教学和科研水平、加强学生思想教育等一系列工作,并殚思竭虑地搞好自己所承担的科研课题;在社会上,他经常四处奔波,参加各种各样的会议……白天忙碌完毕,晚上仍不得安闲,至少也要工作到深夜十一二点才能就寝。

过度的劳累,使他的身体健康每况愈下。当时,他的糖尿病日益严重,时常四肢疲软,食欲不振,头部一阵阵眩晕;双脚因血液循环不畅,又红又肿,一走路就感到钻心的疼痛,整天不愿迈动一步。他多么想为祖国再多工作一段时间,但虚弱不堪的身体迫使他不能如愿以偿,实在是"心有余而力不足"。

1981年11月,组织上出于对他的关怀,在他已经83岁高龄之际,让他辞去一切职务,只担任南开大学名誉校长,不再负责具体工作,一心在家养病……

这时候,天津中医学院健身气功师张亦沽来到他的家中,用健身气功疗法治病,同时教他练健身气功。

张亦沽每周到他家来两次,根据他的实际状况,特意编了一套健身气功的功法,教他反复练习。不消一个星期,他就基本掌握了。

从此,他每天都练健身气功。

清晨,他起床之后,洗漱、听新闻、吃早点、看书报……到9点30分,就在悠扬动听、节奏缓慢的乐曲声中,练这一套功法。他依次做起动作:"揉太极棒",手持一根细小梨木棒,做出各种不同的动作;"踩阴阳交",在缓慢地行走之中,不断地调整呼吸,腹部时鼓时胀;"意守丹田",站立不动,松肩垂臂,周身放松,意念时时想着脐下的丹田……每一次练功时间,都是大约45分钟。

一个月以后,他果然尝到了甜头,身体虽然仍感不舒服,但程度却大为减轻。于是,他练功的积极性更加高涨,每天只要练功时间一到,不论遇上什么情况,都保证不受冲击,手中做的事情,马上停下来;家属有事相告或者商量,要向后推一推时间,客人来访,也要稍稍等候……

又过了两个月,他的身体出现了明显的变化,食欲开始增加,脸上有了光泽,精力也充沛多了。

一年以后,他到天津医学院附属医院检查身体,得到意想不到的结果,身体各个部位的器官都比较好。

杨石先怀着欣喜的心情写道:"1980年11月,我从一线退到二线,大家都为我的健康着急。张亦沽同志于1981年为我进行按摩和治疗,3个月后,我基本恢复走路了,还能爬坡,体质也恢复得比较好。现在我每天坚持练功,从中大大受益。"

在晚年,杨石先除了练健身气功以外,还总有想法让生活过得更丰富一些。他养几十盆月季花,浇水、施肥和剪枝等,都统统包揽下来,每一盆都长得生机盎然。间或他还看电视、电影、听音乐……每天下午,坚持散步一个多小时。这些都促进了他的健康。

岁月飞快地逝去。由于衰老的原因,杨石先于1985年2月19日去世,享年88岁。根据他的遗嘱,家人将他的骨灰撒入南开大学马蹄湖中心岛上、周总理纪念碑周围的苍松翠柏之下。

南开大学为了纪念他做出的卓越贡献,在化学楼西侧草坪上,安放一尊杨石先的汉白玉雕像,供人们瞻仰。这尊栩栩如生的雕像,逼真地再现了杨石先坚毅而睿智的神情,依然流露出他对南开大学的期盼……

巴金:名气那么大,又那么随和

一

1983 年 4 月,我在《天津日报》科教部工作期间,被借调到刚复刊的《天津青年报》编辑部,以《天津青年报》记者的名义,去上海采访各界文化名人。

到上海之后,我最想采访的就是巴金。

巴金于 1904 年出生于成都,1923 年离家赴上海求学,开始了长达半个世纪的文学创作生涯,是著名作家、翻译家,时任中国作家协会主席,被誉为"五四新文化运动以来最有影响力作家""二十世纪中国杰出文化大师"等。他还曾担任全国政协副主席。他的一生著作

巴金遗像

颇丰。在他所写长篇小说中,我曾读过《激流三部曲》中的《家》《春》《秋》,也曾读过《寒夜》——这些作品通过描写家庭生活的情景,窥见了社会生活的状况和变化,揭示了封建大家庭逐渐没落的过程,反映了封建专制社会必然崩溃的历史趋势,成为经久不衰的名著。

1928年,巴金(左)与留学生合影

当时,我找到退休后到上海定居的《天津日报》记者张述,请她帮助联络采访巴金。张述是著名爱国将领张治中的侄女,待人既和蔼又热情,十分爽快地答应了我的请求。

张述带我来到武康路113号,这是一座建于1923年的小洋楼,也是巴金与家人居住的地方。此刻,巴金并未在家,而是因腿部骨折住进上海华东医院,我与张述见到他的妹妹李瑞觉。

我向李瑞觉提出采访巴金,她很快就回答:"根据医生的嘱托和医院的规定,巴金在医院谢绝一切采访。"

我心有不甘地提出:"到医院只是探访一下,可以吗?"

李瑞觉不能轻易答应,面带难色地说:"我与巴金沟通后,咱们再联系吧!"

让我意想不到的是,仅仅过了一天,我与张述就接到李瑞觉的通知:"巴金同意了,可以到医院会见一下。"

二

这让我非常高兴!

这年4月8日下午,湛蓝的天空飘浮朵朵白云,拂面的春风习习吹来,我与张述赶到上海华东医院,在一间安静的病房里,接受了巴金的亲切会见。

巴金坐在椅子上,脸上露出丝丝笑意,和善地让我和张述也坐下来。

在与巴金交谈中得知,他于1982年11月7日因腿部骨折住进医院,至1983年1月8日,拆除了治疗骨折的脚架。眼下,虽然可以下床坐椅子了,但行动起来仍十分不便。他的那一条伤腿使不上劲,必须用很大的力气,才能用双手撑着椅子的扶手,慢慢地站立起来。每天,他都遵照医嘱进行锻炼,由女儿或侄女搀扶,在病房和走廊里不停地蹀来蹀去。有的时候,他还在床边拉着栏杆,蹲下去,站起来,即使汗水涔涔也不停止。

见到巴金,我立刻强烈感受到,这位年近八旬的老人,正以顽强的毅力与伤病做斗争。

在短暂的会见中,巴金还表示,他尚未恢复健康,目前还不宜看书写字,但他非常盼望早日出院,多写一些作品,多做一些工作。

　　我与张述劝慰巴金不要着急,要"既来之,则安之",要一心把伤病养好。

　　巴金听罢,微笑着点一点头。

巴金(左二)和孩子下棋

　　这时候,我又提出给巴金拍几张照片,巴金欣然应允。我很快举起相机,迅速地按动快门拍了起来。当初拍下的这几张照片,已经成为永久的、十分珍贵的纪念。

　　在探访巴金之前,他的妹妹李瑞觉一再告诫:这次在医院会见已经是"破例"了,所以一定不要久留,给老人增加过多的负担。于是,我们只好匆匆告辞。巴金又颤巍巍地特意从椅子上站起来,举起手向我们送别。

　　这次会见,是那么短暂,又那么仓促、那么简单,却给我留下始终难以磨灭的印象:在巴金的身上,杰出的成就、显赫的地位,都丝毫不影响他是这般的平易近人。

这般平易近人,彰显了他的品德,他的人格魅力!

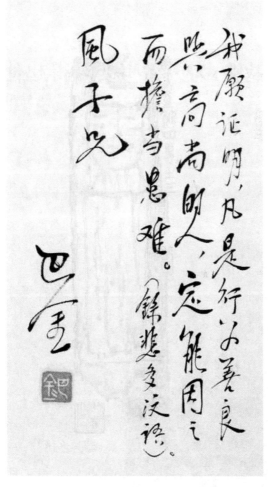

巴金手扎

孙墨佛:为人做事要对得起他人

一

1986年初夏,我在北京采访了辛亥老人、著名书法家孙墨佛……

孙墨佛

在采访孙墨佛之前,我曾就如何"养生"的话题,于1985年秋在天津采访了著名书画家王学仲,听他颇有感触地说:"凡是书画家,大多都很健康,都能长寿,自古至今的例子举不胜举。远的不说,现在活在世上的'南仙北佛'——上海书法家苏局仙和北京书法家孙墨佛,不都活过百岁了吗?"

听罢这一席话,我顿时

萌生采访孙墨佛的愿望,而这一愿望不仅没有消失,甚至还一天天地愈发强烈。大约半年过后,我终于实现这一愿望,对孙墨佛进行了短暂却很有收获的采访。

孙墨佛是一位颇具传奇色彩的人物,经历了清朝、"中华民国"和新中国3个时代,历尽世间沧桑,尤其参加了推翻清朝的辛亥革命,因而被尊称为"辛亥革命老人"。

二

他于清光绪九年(1884年)出生在山东省莱阳市西富山村,自幼就读经书、习书法,名誉乡里。1902年,他考入青岛赫兰大学攻读经济学。然而,面对腐败的清政府和西方列强的入侵,他不想在大学里过"舞文弄墨"的生活,决心在学业完成以后投笔从戎,为拯救危难中的祖国尽一份力。1908年,他追随孙中山先生投身革命,经老师刘大同介绍加入同盟会,成为山东省同盟会早期成员,曾任北方护国军总司令部秘书主任。

1911年,辛亥革命爆发后,他满怀一腔热血,进入山

青年时代的孙墨佛是孙中山的追随者

东军官讲习所学习军事,后又参加了反对袁世凯复辟称帝的"讨袁运动"。

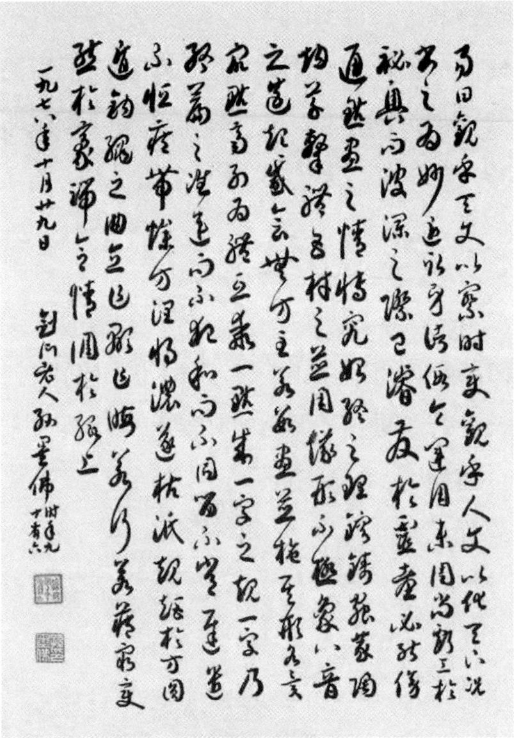

孙墨佛墨迹

1921 年,面对辛亥革命后国家仍处于军阀割据的混乱局面,孙中山就任非常大总统,誓言通过北伐,重新统一中国。此时的孙墨佛任大元帅府参军。1922 年 6 月,孙中山来到广州部署北伐事宜。一天,孙墨佛到一位挚友家中赴宴,从挚友口中得知广东省省长兼粤军总司令陈炯明要谋害孙中山。于是,他以十分机警而又稳妥的办法,通过大元帅府秘书长向孙中山报告了这一情况,促使孙中山及时离开观音山麓的大元帅府。翌日清晨,陈炯明命令军队连续不断地炮轰大元帅府,这时孙中山早已脱身乘船奔往上海,让陈炯明的阴谋未能得逞。事后,孙墨佛被孙中山任命为安抚使。

1930 年,孙墨佛迁居北京,专事著述并研习书法。他还广泛接触社会各界人士,力主坚持抗战。抗日名将张自忠殉国后,他挥毫写下一篇"乾坤正气平三岛、海岱雄风震十洲"的挽联,表达了对张自忠的钦佩之情。抗日战争胜利后,他坚决反对内战,倡导和平建国,发表了《打不得九论》等文章,在社会上轰动一时。

新中国建立后,经周恩来和董必武的举荐,他被聘为中央文史馆研究员,民革中央团结委员会委员。

他一生著作颇丰,并编纂《书源》36卷,《孙中山先生年谱》16卷,《古今题画诗万首绝句选》12卷。他还自作诗词5000余首,收入《天籁集》。

他毕生致力于书法研究,有着非常深厚的书法功底。他曾随老师刘大同学习书法,后又得到康有为的亲授,初学魏碑,继临"二王"——王羲之、王献之,旁及篆书、隶书、章草等,中年转习狂草,晚年专攻孙过庭的《书谱》。他集诸家之长,以很深的造诣,形成自己独特的风格。更为可贵的是,他是一位老寿星,在百岁之后仍坚持研习书法,不断推出佳作,成为中国书法史上一段佳话。

三

我在当年采访时,他已经102岁了,让我特别吃惊的是,他的身体依然很健康:身材又高又大,面容很慈善,令人感到十分亲切;眉毛和头发已经发白,脸上皱纹纵横,但腰背挺直,精神蛮好;说起话来,嗓音清亮,讲得头头是道……

当年,他总是在自己的书房接待来访客人。他的书房摆放许多线装书,墙壁上挂着不少字画,洋溢着浓厚的书卷气——我与他的攀谈也是在这里进行……

他为什么能够长寿呢?

孙墨佛(右)、孙天牧父子俩都是百岁老人

他认为,要心情坦然,即待人要善良、真诚,不做亏心事。他曾多次表露,为人做事,要上对得起天,下对得起地,中对得起他人,心地坦然,身体才会好。他也是这样做的。

他认为,要起居有常,即每天生活很有规律,从不轻易打乱。他在进入古稀之年后,每天凌晨起床,开始挥毫写字,一口气写到6点多钟,再洗漱和吃早点;上午仍然抽出一些时间,继续挥毫写字;午餐过后,要睡一两个小时;只要不是遇上特殊情况,晚上8点钟准时上床休息。

他认为,要饮食有节,即从来不偏食、不挑食,也不吃得过饱。他吃的主食注意粗细搭配,常吃鸡蛋、牛奶和蔬菜瓜果,喜欢吃鸡肉,不喜欢吃肥肉,但一日三餐必有大葱或大蒜。

然而,他认为自己的长寿,主要得益于多年如一日地研习书法。在青少年时代,他就把书法当作除体育课以外的一种"运动",感到练字就是练身,总是乐此不疲。进入中老年后,他不论从政于官场,还是研读于书房,从来也不会停止写字,居然将书法视为唯一的"运动"。在漫漫岁月里,他研习书法实实在在地做到持之以恒。

关于书法为何能够促进健康,让人们长寿,医生是这样讲的:人们在周身放松、呼吸自然的前提下,凝神定义地进行某种专一的意志活动,克服东想西想、心神不定的情形,摒弃大脑中种种杂念,促使紊乱的大脑皮层功能得到调整,就会进入平和、良好的情绪状态。不同的情绪状态,可以对人的身体产生差别甚殊的影响。倘若进入平和、良好的情绪状态,就能"净化"大脑皮层的干扰因素,纠正身体内部器官具有潜在破坏作用的异常反应,使其功能得到进一步调节。而书法家在专心写字之际,所有的一切杂念都悄悄消失了,所做的只有全神贯注地写字,这正是让他们进入平和、良好的情绪状态。

孙墨佛对此有着太深的体会。常常对人这样说:"写字全身都用劲,悬腕提笔时手、腕、臂都用劲,脚踩地时脚掌心也用劲,这其实也是一种运动。"同时,他还将写字这一种"运动"当作进入平和、良好的情绪状态的绝佳时机,常常向人提到这样的感受:"写字时,万念俱息,心平气和,所面对的唯有笔、砚、纸和一行行字,欣欣然不觉神清气爽、周身舒畅,长此以往,当然也就获益匪浅。"

这就是他能够长寿的缘由!

我将这些内容,以《百岁书法家的"奥秘"》为题写了一篇文章,收入我著的《名人健身集粹》一书中。

四

在孙墨佛已经 103 岁之际,他怀着敬仰的心情,为中国改革开放总设计师邓小平过生日写了一副对联,随后觉得意犹未尽,又用 4 尺宣纸写了一个大大的"寿"字。这让邓小平非常高兴。

1986 年,孙墨佛 103 岁时,为邓小平书写的四尺"寿"字

孙墨佛一生写过的墨迹并不保留,常常分送他人。当年,他曾立下宏愿:写 500 部《书谱》,分赠全国各省、自治区、直辖市图书馆和一些大专院校,为书法爱好者提供参考资料。他的这一宏愿已经实现。

1987 年 7 月,孙墨佛以 104 岁高龄辞世。这年 10 月,他的长子——北派山水画代表、中央文史馆馆员孙天牧,向家乡山东省捐赠了父子俩的 2000 多件书画作品和近百件收藏的书画作品。山东省济南市在风景秀丽的大明湖公园南丰祠,建立了"孙墨佛、孙天牧父子书画纪念馆",并特意安放了父子俩的塑像。这个纪念馆已成为许多艺术院校的教学基地,让人们在欣赏书画艺术的同时,也能感受到父子俩的品德和人格魅力。

孙墨佛、孙天牧父子书画纪念馆

王学仲:对名利看得很淡

一

　　我与著名书画家王学仲在各种场合有过很多接触,在 20 世纪八九十年代还对他进行专题的采访,只觉对他了解得越多,就越对他充满钦佩之情……

王学仲

　　王学仲于 1925 年出生在山东滕州市宁家村一个书香之家,5 岁时就跟着教书的父亲学习书法,后来还到处拜师学习绘画。他在 1942 年考入北平京华美术学院,1945 年又考入北平国立艺专,后又转入中央美术学院,曾经得到齐白石、黄宾虹、张国英和徐悲鸿等大师的指导。当年,时任中央美术学院院长的徐悲鸿,亲自担任国画的教学工作,让王学仲有幸在课堂上聆听他的教诲,课余时间还经常到他的家中求教。有一次,王学仲带着自己写的书法册页送给徐悲鸿指导,徐悲鸿仔细看后甚为欣赏。他知道王学仲还有一个名字叫"呼延夜泊",当即在册页上题写:"呼延生方在少年,其书得如是造诣,禀赋不凡,盖由天授。"这是对王学仲的很高评价。

1953 年,王学仲离开中央美术学院到天津大学任教,至此一生就再也没有离开。

二

王学仲是多才多艺的艺术大家。他的书法功底很深,诸体皆善,尤以行草书见长,堪称豪放雄健;他的绘画功底也很深,以山水画为主,堪称别具一格;他还精于书画理论,著有《书法举要》《中国画学谱》《王

王学仲荣获中国书法
"兰亭奖·终身成就奖"

学仲美术论》《王学仲书法论》《王学仲书画诗文集》《夜泊画集》等书,堪称著述颇多。

王学仲曾任中国书法家协会副主席、学术委员会主任,荣获中国书法界最高奖——"兰亭奖·终身成就奖";同时,还曾进入文化部中国画创作组,进行"国家级"的国画创作。

给我留下深刻印象的是,王学仲的书画在日本也很有影响。

1981年9月,他应邀到日本国立筑波大学讲学,开设的课程是大学生、研究生的必修课《书法》和选修课《中国画》,受到广泛欢迎。1983年7月,日本东京银座鸠居堂举办"王学仲先生画展",日本书画界元老西川宁、"前卫派"首领宇野雪村、美术评论家桑原住雄等前来观看,纷纷给予高度评价。由于他在日本书画界的影响越来越大,日本书画界的一些朋友帮助他在天津大学兴建了"王学仲艺术研究院"。

他还受日本有关方面的邀请,于1983年创作了巨型壁画《四季繁荣图》,陈列于东京上野火车站大厅。这是为了纪念北京与东京结为友好城市、北京火车站与上野火车站结为友好车站,也是为了纪念上野火车站建成百年,由他倾尽心血精心绘制的。《四季繁荣图》以中国泰山和日本富士山为背景,描绘了东京上野公园四季美景,春天为"蝶舞樱花",夏天为"鲤戏碧荷",秋天为"北雁红叶",冬天为"熊猫雪竹",同时还有上野驿站旧貌、百位身穿中日装束人物,中间是一首七绝诗《上野驿站百年颂》。整个画面寓意祥和,成为中日友好的象征。

在王学仲的家乡山东滕

王学仲的绘画作品《桂香城》

王学仲艺术展览馆开馆五周年中日书法作品联展

州市,还有山东曲阜市、江苏徐州市铜山县(今铜山区),都建立了"王学仲艺术馆"。

　　让我特别感动的是,名气很大的王学仲,却把名利看得很淡。他十分慷慨地向有关博物馆、艺术馆捐赠了珍藏的书画700多件。山东滕州市的"王学仲艺术馆"开馆时,他捐赠了家藏的石器、青铜器、古陶和唐伯虎、郑板桥、徐悲鸿的画作。他还说服家人,向山东滕州市的"王学仲艺术馆"捐赠了祖传画像《敕牒家谱》和一套12件唐代陶俑,滕州市有关部门要付给他一笔数目可观的酬金,被他婉言谢绝,并说:"好好建设艺术馆就可以了。因为我搞艺术不是为了钱,我觉得应该把艺术看作一个人生最高的灵魂。"后来,他又多次与家人商量,拟设立基金资助品学兼优的学生,在他辞世之后,家人秉承他的遗愿,发起并捐赠首笔资金200万元,设立了"天津大学王学仲人文教育基金"。

三

我在 1985 年 11 月对王学仲的一次采访,是就如何"健身"的话题展开的⋯⋯

当年,王学仲已经年届花甲,肩上仍承担繁重的工作,写字、作画、写诗歌、写文章、带研究生、在国内外讲学、参加各种社会活动,使他忙得不可开交。他经常夜以继日地工作,从朝霞满天的清晨,一直忙到夜幕下垂的夜晚,工作没有完结,就在晚饭后继续忙到星光闪烁的午夜。

然而,他的身体却很健康,一头黑发像被染过一样,脸上的条条皱纹隐隐地出现,只有细看才能察觉,两只眼睛格外有神⋯⋯这一副容貌与他的年龄很不一致,他依然保持着旺盛的精力。

王学仲认为,他的身体受益于"书画气功"。

写字作画,需要"运气",也需要"入静",往往能产生练气功一样的效果,这就是王学仲所说的"书画气功"。平日,他每逢手握毛笔写字作画的时候,精神就立刻高度集中起来,

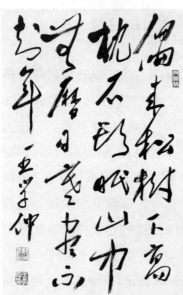

王学仲的书法作品

呼吸变得均匀、平缓，仿佛进入了气功状态，一股"气"从丹田起沿着身体周转，一切杂念都不存在，脑海里只有苍劲有力的字体和栩栩如生的画面……此刻，他完全忘掉了"自我"，不仅没有丝毫的疲劳感，反而充满了舒畅感。

在许多场合，他还产生令人难以置信的奇特感觉：盛夏时节，骄阳似火，屋里分外闷热，这时他站在条案前聚精会神地写字作画，不一会儿，闷热的感觉就不翼而飞；严冬时节，寒流袭来，屋里温度骤然下降，这时他只要握笔写字作画，就渐渐地有一种暖和的感觉……

他时常在国内外报刊发表诗歌和文章，但经过苦苦思索，每天吟成一首古诗或写出一篇可心的文章，大脑总是感到很累，身体也很难受。于是，他写罢诗歌、文章，就挥笔写几幅行草大字，作几幅泼墨写意画，竟然也起到"消除不适感觉"的奇妙作用。

于是，我以《书画气功》为题写出一篇杂谈，发表于1985年11月《天津日报》的"星期专页"版。

王学仲认为，他的身体还得益于跑步和走路。他在中央美术学院学习时，最喜爱的运动是长跑和远足。说来也怪，他在家庭的熏陶下，奉行着"和以处众，宽以待人"的处事原则，而这一原则竟驱使他从不参加非得决出胜负的剧烈体育运动，譬如拼抢凶狠的足球运动、穷追不舍的篮球运动和对抗性很强的乒乓球运动等。因此，他便爱上了长跑和远足。在课余时间里，同学们都成群结队地角逐各种激烈的球类比赛，唯有他孤身来到操场的跑道上，默默地跑完一圈又一圈，最后累得实在跑不动了，才从操场慢慢地离开。节假日一到，他就兴致勃勃地徒步奔往香山、颐和园、八大处等风景区，一边游览，一边写生。

他刚到天津大学工作时，每天清晨都到操场跑步，几乎成为他的"例行公事"。到市内办事情，不论路途多远，他都很少乘坐公共汽车，而是以步代"车"……光阴荏苒，他跑步和走路的习惯却始终不变。

我当年对他采访时，他依然"本性难移"。黎明，校园里空空荡荡，一片宁静，他早已从家里出来，甩开大步，向西湖村住宅区跑去。跑到那里，他在一家小馆吃完早点，再迈着轻缓的步伐回到家里。黄昏时刻到了，校园里笼罩着淡淡的暮色，教室、图书馆、宿舍楼都点亮灯光，大家各自干着不同的事情。此时，他还要悄悄来到校园，漫无边际地走一阵子……

王学仲绘画作品

于是，我以《保健的"大夫"——两条腿》为题写出一篇通讯，发表于1985年11月26日《今晚报》的体育版。

2013年10月8日，王学仲不幸辞世，走完人生88年的历程……然而，他在艺术上所创造的累累硕果，却是永存！

容志行：球场的"奇迹"是 "风格"决定的

一

1984年5月，我在广州市采访了著名足球运动员容志行。

当年，容志行是一个几乎家喻户晓的人物，因而在采访之前，我已经对他有了很多的了解……

1948年秋，容志行出生在开往印度的英国"沙丹拿"号轮船上。他生下来以后，父亲抱着他亲切地对妻子说："就叫他海生吧！"他于1953年随父母从印度回国，在准备入小学就读前，母亲又给他起个学名——志行，盼望他以后做人要"志在必行"。

容志行

"志在必行"——成长起来的容志行切切实实做到了,而且形成了风靡体育界的"志行风格"。

他从小就酷爱踢足球。上小学时,就进入广州宝岗业余体校儿童足球班;上中学时,他又进入广州二沙头业余体校足球班,并入选广州少年足球队。随后,他于1966年入选广州足球队,1969年入选广东足球队,1972年入选中国足球队。

容志行代表广东队和中国队参加了不知多少次国内外比赛,先后担任前卫、中锋和边锋位置。他头脑冷静,反应迅速,技术全面,脚法精良,善于带球过人,既擅长个人突破,又能够带动整体攻防,始终是一名核心球员。

在1980年2月至1981年1月举行的第12届世界杯亚大地区第四组预赛中,中国队相继战胜中国香港队、日本队、中国澳门队以及朝鲜队后获得了小组第一名,取得决赛资格。鉴于容志行的出色表现,他被授予"最佳进攻球员"称号。

1982年,在第12届世界杯亚大地区决赛对科威特队的一场关键比赛中,他当时已经伤得不轻,小腿缝了十几针,缠着一层层纱布,仍顽强地在场上拼搏。比赛中,中国队员将球传入对方禁区,他飞快赶到奋起冲顶,守门员奋力扑救,但无奈力量太大、角度太刁,只好眼巴巴地看着球应声入网。他为中国队头球建功!他与队友积极配合,最终以3∶0战胜科威特队。他在场上拼到最后一分钟,当比赛结束时,他绕场跑一圈的力气都没有了。这场比赛是中国队的经典之战,让广大群众格外振奋,当时全国许多城市的人们自发结队走上街头,高呼"振兴中华"的口号,大大地振奋了民族精神。

"志行风格"

二

尤为可贵的是,他在足球场上从来不做粗野动作。他的双腿伤痕累累,像打在上边的"绑腿",可他却从来不去故意伤害对手,即使受到侵犯也不计较,也不报复。他也从不与裁判员争执,对于裁判员的错判、漏判历来宽宏大量,而面对有意的"偏哨",也不与裁判员斗气,主张通过正当途径去解决。在十几年的足球运动员生涯中,他参加了那么多国内外比赛,竟然从未得过一张黄、红牌,这是十分罕见、十分惊人的,简直就是一个奇迹!

当年,在中东地区一场国际比赛中,他带球进入禁区,对方

**容志行(右)在几十年的足球生涯中,
成绩卓越却从未得过黄牌、红牌**

一名后卫从一侧向他冲撞,
又有一名后卫也从另一侧向
他冲撞,他变向一闪,两名后
卫狠狠撞在一起,双双倒地,
摔得不轻。这时,球就在他
的脚下,完全可以飞起一脚
射门,但他轻轻一踩停住了
球,弯下身体去扶那两位摔
倒的后卫。全场的观众看罢
顿时惊呆了,继而爆发出热
烈的掌声——这掌声比任何
一个进球更响亮、更持久。

比赛结束后,当地一家媒体对容志行做出这般评价:"在洪
水暴雨一样的比赛气氛中,他经历了多少次粗野的攻击后吹起
良心号角。"

容志行为何这样去做? 他是这样说的:"我在场上比赛时,
所有的注意力都在球上,从来不去报复踢人。我永远记住这样
的话,就是对于对手的最好报复,就是把球送入他们的球门。"

容志行的精湛足球技艺和高尚体育道德,为他赢得很高的
声誉,被誉为"志行风格"。随着时间的推移,"志行风格"越叫
越响亮,越叫越深入人心,成为中国足球运动一笔宝贵精神财
富,是中国体育界一个分外夺目的"亮点"。

三

我在 1984 年 5 月采访容志行时,他已经在 1979 年、1980 年、1981 年连续入围"全国十佳运动员",并在 1981 年荣获国家体委颁发的"体育运动荣誉奖章"。

容志行告诉我,他于 1982 年退役,一度担任广东少年足球队教练员。1983 年 5 月,他到华南师范大学政治系干部进修班学习。入学后要用半年补习 6 门课程,经考试合格才能继续学习。他的考试成绩全部合格,顺利地留在干部进修班,同在一起的还有一些县委书记、县长、厂长、经理和报社总编辑,学习的科目有哲学、逻辑学、中国历史、写作、数学、自然科学等。

他是主动要求来学习的。他只上过初中二年级,文化基础薄弱。他深知只有不断提高文化水平,才能更好地适应以后的工作,甚至出色地完成以后的工作,所以在学习中十分卖力,经常占用晚上,甚至占用星期天的时间学习。他的学习成绩还是很好的。

在采访中,他还就提高中国足球队水平谈了一些想法。他认为,提高中国足球水平的最好办法是从娃娃抓起,增加足球人口,通过普及带动提高。从娃娃抓起,又必须有实际行动,需要把大量高水平教练员派到基层,去抓普及工作。只有把基础夯实了,才会有腾飞的一天。现在基层的一些教练员水平太低了,所以还要努力培养更多的优秀教练员。

他的这些见解,在今天仍有十分深刻的现实意义。

容志行（前）积极投身青训校园足球，

致力于从基层提升中国足球

自那次采访之后，我又陆续了解到，容志行在干部进修班一毕业就干起教练工作，后来又在广东体育运动技术学校担任领导工作。1991年，他去了深圳，担任深圳市体委主任，并于2008年退休。

2009年，在新中国成立60周年之际，他入选"60位最具影响力的新中国体育人物"。

退休之后的容志行，念念不忘的还是"从娃娃抓起"，只要一有空，他最愿意做的就是到一些学校看学生们踢球，辅导学生们踢球。他的最大心愿就是能够看到中国足球的腾飞。他的心愿也是全国人民的心愿，希望能够早日实现！

荣志行冲击世界杯

容志行相关报道

勤奋是本性

　　勤奋，就是非常投入、非常认真地去做事。一个人做到勤奋，就会比别人更能意志坚强，比别人更能付出心血，比别人更能坚持到底。而唯有勤奋，才能取得事业上的成功。

贺绿汀:天道酬勤

一

1983 年 4 月,我在著名音乐家、教育家贺绿汀的家中——上海泰安路的一座小洋楼里,对他进行了一次难以忘怀的采访。

在我上小学时,就在课本上读过朗朗上口的《游击队歌》,

至今还能清晰地记住歌词:"我们都是神枪手,每一颗子弹消灭一个敌人;我们都是飞行军,哪怕那山高水又深……"而《游击队歌》的作者,就是大名鼎鼎的贺绿汀!

后来,随着岁月的更迭,我对贺绿汀有了更多的、更深入的了解……

贺绿汀于 1903 年出生在湖南邵阳一个贫苦的农民家

贺绿汀

庭。他从小特别聪颖,也特别喜欢学习,所以家里再穷,也尽最
大努力供他上学。1912 年,他进入宝庆循程学院读书,毕业后
执教小学音乐、图画课。1923 年,他以第一名成绩考入长沙岳
云中学艺术专修科,转年毕业后留校任音乐教员。他曾参加大
革命时期的湖南农民运动和广州起义,是一个忧国忧民的热血
青年。

贺绿汀是从贫苦农民家庭
走出来的音乐家

1931 年,他来到上海,考入上海
国立音乐专科学校,选修钢琴和声
学。1934 年,俄裔著名作曲家兼钢琴
家齐尔品在上海举办"征集中国风格
钢琴曲"活动,他的作品《牧童短笛》
获一等奖、《摇篮曲》获二等奖。特别
是《牧童短笛》获一等奖后,他一曲成
名——成为国内外瞩目的作曲家。

1934 年,他进入电影界。经著名
音乐家、国歌《义勇军进行曲》作者聂
耳介绍,他到明星电影公司任作曲股
长,曾为影片《船家女》《都市风光》
《十字街头》《马路天使》和话剧《复活》《武则天》等许多作品配
乐、作曲,创作了一批歌曲。他为影片《马路天使》谱写的《四季
歌》《天涯歌女》这两首歌曲,成为我国电影的经典歌曲,时至今
日仍传唱不衰。

抗日战争爆发后,他在 1937 年参加了上海文艺界抗日救亡
演出队,奔赴各地进行宣传抗日的演出。在山西临汾地区高家

庄的八路军办事处，他创作了不朽的《游击队歌》，很快传遍大江南北、长城内外，成为激励抗日军民英勇杀敌的嘹亮号角。

1938年，他到达武汉，随后又到达重庆，相继创作了《全面抗战》《上战场》《弟兄们拉起手来》《保家乡》《中华儿女》《胜利进行曲》《还我河山》等歌曲，无不充满战斗的激情，鼓舞着全国人民齐心抗日的斗志。

1941年，皖南事变后，他离开重庆辗转抵达华中新四军总部。1943年，他又到达延安，在鲁迅艺术学院任教。1946年10月，他开始担任延安中央管弦乐团团长、华北文工团团长等。在这期间，他创作了《前进，人民解放军》《新民主主义进行曲》《新中国的青年》等歌曲，成为人民解放战争的雄壮战歌。

中华人民共和国成立后，他担任上海音乐学院院长，为国家培养了大批优秀人才，同时他也进入音乐创作的一个新的高潮期。他创作了歌剧《长征》（合作）、大合唱《十三陵水库》、小提琴曲《百灵鸟》……这些作品既洋溢着强烈的时代气息、又突出了浓郁的民族特色。

他的一生，一共创作3部大合唱、24首合唱、近百首歌曲、6首钢琴曲、6首管弦乐曲、十多部电影乐曲。此外，他还撰写了大量富于建设性的音乐评价和理论著作。

贺绿汀取得这般赫赫成果，源于他对我们的党，对我们的国家，对我们的人民，始终抱有一种强烈的责任感，而责任驱使他在长期的音乐创作中，一直是一个勤快的人、一个勤劳的人、一个勤奋的人。

这是"天道酬勤"啊！

二

当年,我在采访贺绿汀时,曾听他介绍了创作钢琴曲《牧童短笛》的经过:

牧童短笛乐谱

1934 年,他在上海国立音乐专科学校学习,家里拿不出钱来支持,他只好一边学习,一边干些工作,日子过得十分清贫。他住在一家裁缝店的顶楼,夏天热得要命,冬天冻得要死,吃得、穿得也很差,但他都忍受下来。一天,他在学校公告栏上看到一则《征集中国风格钢琴曲》的启事,征集人是俄裔著名作曲家兼钢琴家齐尔品,如能获奖可得比较丰厚的奖励。他得知这一消息,心里非常兴奋,于是泡在那间闷热的顶楼里,开始了夜以继日地创作……有时天气实在太热了,白天无法进行创作,他就挤掉睡眠时间,利用稍凉快一些的夜间和黎明,专心致志地投入创作之中。

他回顾了自己少年时代在家乡的青山绿水间牧牛的情景,终于写出钢琴曲《牧童短笛》。聆听这首充满浓郁民族风情的曲子,人们的眼前仿佛呈现一幅淡淡的水墨画——一个牧童骑在牛背上,悠闲地吹着笛子,不停地在山野里漫游,那可爱的脸蛋露出天真无邪的神情……这首钢琴曲获得一等奖后,齐尔品将其带到欧洲演奏,成为我国第一首走向世界的钢琴曲,也成为驰名世界的中国优秀钢琴作品之一。

三

当年,我在采访贺绿汀时,他更多地介绍了创作《游击队歌》的经过:

1937 年底,他随上海文艺界抗日救亡演出队,来到山西临汾地区洪洞县高家庄的八路军办事处,进行短期休整。在这里,他听了一些报告,对抗日战争的形势、任务和战略战术等逐渐有了明确的认识。他知道,党中央在陕北洛川的政治局扩大会议上做出决定,即必须深入敌后,放手发动独立自主的游击战争,建立抗日民主根据地,这样才能在敌强我弱、敌人深入我众多国土的情况下,灵活、机动地打击敌人,进而取得最后的胜利。他从中深

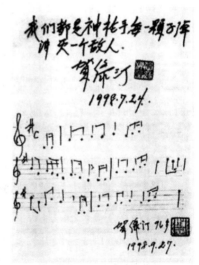

提到贺绿汀,人们总不能忘记
最耳熟能详的那首《游击队歌》

深地受到启迪,看到了抗日战争的光明前途。

一股创作激情就像奔腾而起的浪涛,猛烈地冲击着他的心扉。他渴望能用开展游击战争的思想塑造音乐形象,去教育人民、鼓舞人民。在高家庄的一间简陋农舍里,他伏在一张木桌上,开始紧张地构思歌词和曲调,时常忘记了睡觉,甚至忘记了吃饭,脸颊消瘦了许多。他总是写了又改,改了又写,一个多月过去了,终于用辛勤的劳作换来丰硕的果实——《游击队歌》问世了!

1938年初,在高家庄召开了八路军高级将领会议。在这里的一个演出会上,上海抗日救亡演出队首次演唱了《游击队歌》。演唱刚刚结束,台下就响起了经久不息的掌声……

当时,朱德、彭德怀和贺龙同志正住在高家庄,他们都聆听了这首歌曲。时间不长,这首歌曲就在战士和老百姓中间传开了。不久,贺绿汀跟着演出队到八路军各部队巡回演出,每逢演唱这首歌曲的时候,战士们竟然都能娴熟地跟着唱起来。随着抗日战争的深入,这首歌曲越传越远,在一望无垠的青纱帐,在山峦起伏的密林中,在烟波浩渺的湖塘畔,到处都响起它的歌声,激励着人们进行不屈不挠的斗争。

1943年,他到达延安后见到毛泽东等中央领导人,毛泽东称赞《游击队歌》写得好。

我在采访中听罢贺绿汀的介绍,不由自主地问起这样一个问题:"《游击队歌》能够盛而不衰,究竟是什么原因?"贺绿汀若有所思地说:"《游击队歌》的歌词不是干巴巴的口号,而是有一定的艺术形象,做到了政治内容与艺术形式的统一。现在它还得以流传,主要是由于它的艺术形象是好的,是站得住脚的,是能叩动人们心弦的。要创作经久不衰的歌曲,一定要塑造好的艺术形象。"这是他的宝贵经验。

四

在当年的采访中,让我特别感动的是,贺绿汀很愿意把新近创作的歌曲《振兴中华》推荐给天津青年。这首歌曲是他经过较长时间思考和反复修改写成的。著名作曲家黄准做出这样的评价:

1953 年 10 月 1 日,贺绿汀(右)在天安门城楼
参加国庆观礼时与梅兰芳(左)合影

这首歌曲的歌词,歌颂了社会主义祖国和人民,歌颂了四个现代化,并以老一辈对青年一代爱护关切的心情,批判了懒汉思想、平均主义,堪称气魄宏大,寓意深刻;这首歌曲的曲调,保持了以往创作群众歌曲的特点,即通俗、流俗、容易上口和结构严谨。当时,贺绿汀还表示,倘若这首歌曲能对天津青年起到一定的教育、鼓舞作用,他将感到由衷的高兴。我将这首歌曲带回天津,发表于 1983 年 5 月 7 日的《天津青年报》,果然受到广大读者的欢迎。

　　我在采访贺绿汀时，他虽已年届 80，但精神矍铄，身体非常健康。他于 1999 年去世，享年 96 岁。在他去世之后，上海音乐学院建起"贺绿汀音乐厅"，推出原创歌剧《贺绿汀》，而他的许多作品更是经常在舞台上演奏、演唱……这是人们对他最好的怀念！

谢添："玩得痛快,更玩命地干"

一

在我对著名表演艺术家谢添的采访中,最早的一次是在1984年末,是与《今晚报》记者常新望一起采访的。

谢添1914年出生于天津,毕业于天津英文商务专修中学。1933年,他在天津开始业余话剧演出。1935年,他前往上海进入电影界。1949年,他进入北京电影制片厂。

谢添

我最初对谢添的了解,是从银幕上开始的。上中小学时,我看过由他主演的电影《林家铺子》。他在《林家铺子》中饰演江南小镇的林老板——这个既是剥削者又是被剥削者的小商人,尽管善于辞令,精于算计,对做生意很在行,但面对社会动乱、经济崩溃的现实,只能在"大鱼吃小鱼"的倾轧中走向破产。这是黑暗旧中国的一个缩影。他以精湛的演技,准确把握了林老板的复杂心态,将这一特定人物的形象表现得栩栩如生。这是他的电影表演艺术的高峰,是他的艺术生涯中最为耀眼的篇章。

演员谢添的剧照

上中小学时,我还看过由他饰演张副官的电影《洪湖赤卫队》。他通过细致入微的刻画,将党的地下工作者张副官的机智勇敢、大义凛然,表现得淋漓尽致,令人不禁肃然起敬。

随着年龄的增加,我又逐渐得知,谢添在中国电影界的名气太大了,曾饰演和导演许许多多的影片,可谓成就斐然。其中,给我留下深刻印象的影片,有"文革"前的《新儿女英雄传》《六号门》《探亲记》《林家铺子》《水上春秋》《锦上添花》《花儿朵朵》《小铃铛》,也有"文革"后的《甜蜜的事业》《七品芝麻官》《丹心谱》《茶馆》……他为中国电影事业做出了不可磨灭的贡献,因而也屡获大众电影百花奖、中国电影金鸡奖。

谢添生于天津,是在天津成长起来的,这就更让我对他产生一种亲切感。

1984年末,我与常新望对谢添进行采访时,他一见我俩是

谢添导演的《小铃铛》

天津人,就怀着对家乡的一种特有感情,居然用纯正的天津话与我俩交谈起来……

谢添首先诉说一件关于"天津"的趣事:在20世纪60年代的一次文艺工作座谈会上,周总理接见了与会人员,当周总理来到谢添身旁时,不仅亲切地与他握手,还询问他的个人情况。他对周总理说:"我是1914年在天津出生的。"当时,他有些紧张,说话的声音很低,周总理没有听清,就诧异地问:"1914年,那时我也在天津,怎么没见过你呢?"他连忙解释:"我那时刚刚出生,总理怎么能见到我?"他的这一回答,逗得周总理哈哈大笑。

二

当年我与常新望见到谢添时,他已经70多岁了,但那充满活力的神态,那灵便的举止,显得比实际岁数"年轻"许多。我俩向他讨教健身秘诀,他立刻脱口说出"六字诀":"心宽、营养、活动。"

他又进一步解释:"心宽",就是心胸开阔,凡事想得开,不钻牛角尖;"营养",就是多吃青菜、豆制品,不一定非吃大鱼大肉;"活动",就是持续不断地参加各项体育运动。其中,他对体育运动有着非常广泛的爱好,对于参加各项体育运动,总是特别热情,特别兴奋,特别认真。

导演谢添(中)在为演员说戏

他要执导影片,就要不断组织一个个摄制组。在摄制组异常紧张的工作中,他经常有意识地松弛一下,让大家去"玩"——投入体育运动中,或是打乒乓球,或是打羽毛球,或是打篮球,或是打排球,或是游泳……他也是这里的一个活跃分子。

他在打篮球时,速度、力量和技术已不及当年,但仍能从容不迫地运球和上篮,同对手进行一番抗衡,这与同龄的老年人比起来,堪称出类拔萃;他在打乒乓球时,右手直握球拍,斜线猛扣,直线推挡,搓球过渡,打得有章有法,攻势颇为凌厉,可谓雄风不减。

如果正逢盛夏,他还经常与大家一起去游泳。在清澈见底的游泳池里,在碧波荡漾的人工湖里,在水流缓慢的河道里……都能见到他的身影。他舒展四肢,犹如灵活的鱼儿一样游来游去,速度虽不太快,却显得轻松、自在和如意。

一部影片拍摄完毕,原有的摄制组解散了,新的摄制组又成立了,他在新的摄制组依然这样去做……

当然,谢添的"玩"是用心的,并多次这样表白:我是休息时"玩得痛快",工作中更是"玩命地干"。

原来,他的"玩"就是为了锻炼身体,就是为了增强体质,从而保持充沛的精力,更好地在工作中去付出,甚至去"玩命"。他在工作中,总是劲头十足,不知疲倦,只要一忙起来,就要每天工作十几个小时,到了关键时刻,还要不分昼夜地工作,每天只睡两三个小时……这对于一位老人来说,是多么难能可贵,而这也正是他在事业上取得赫赫成就的根由!

谢添于2003年12月13日溘然长逝,享年89岁,是一位长寿老人。根据他的遗嘱,家人将他的骨灰撒入靠近天津的渤海里,这是他对家乡的最后眷恋。

凌子风：成果是拼出来的

一

1985 年 10 月，正值秋高气爽时节，我突然得到一个音信：著名导演凌子风被北京电影制片厂领导"藏"到天津，下榻环境清幽的天津迎宾馆，正在紧张地修改一部电影文学剧本。

凌子风

于是，我抓住这一时机，立刻前往那里对他进行了深入的采访……

凌子风是北京人。1933年，他考入北平国立美术专科学校油画系，后转入雕塑系。1935 年，他考入南京戏剧专科学校舞台美术专业。抗日战争爆发后，他毅然离开校园奔赴延安，执导了多部宣传抗日的话剧。自 1943 年起，他在鲁迅艺术学院戏剧系任教,1945 年又去华北联合大学戏剧系任教。1949 年,他在东北电影制片厂担任导演,到 1951 年又调到北京电影制片厂担任导

凌子风(右)在影片《李四光》中饰演杨杏佛

演,从此就一直在那里工作……

凌子风为我国电影事业贡献卓著,取得一系列成果!

我知道,他在 1949 年与翟强联合执导的影片《中华儿女》,根据"八女投江"故事改编,成功塑造了 8 位各具鲜明性格的东北抗日联军女战士,面对日寇的重重包围,面无惧色,视死如归,最后跳入身后松花江的汹涌波涛之中……这部影片创造了中国电影史上的两个第一:新中国第一部表现革命战争题材的影片,新中国第一部在国际电影节获奖的影片——获 1952 年捷克斯洛伐克卡罗维发利第五届国际电影节自由斗争奖。

我还知道,他在 20 世纪五六十年代执导了大量影片,包括《春风吹到诺敏河》《光荣人家》《陕北牧歌》《母亲》《深山里的菊花》《红旗谱》《春雷》《草原雄鹰》等。其中,1960 年执导的《红旗谱》,再现了 20 世纪 20 年代后期北方农村波澜壮阔的史诗般革命斗争,一时好评如潮,成为这一时期创造成就最高的影片之一。

"文革"期间,他被迫留下长达 10 年之久的"创作空白"。"文革"结束后,他迅速恢复创作状态,迎来新的创作高潮,又执导了大量影片,如《李四光》《杨乃武与小白菜》《骆驼祥子》《边城》《春桃》《狂》等。其中,《李四光》获 1979 年文化部优秀影片奖,《骆驼祥子》获 1983 年中国电影金鸡奖最佳故事片奖,《边城》获 1985 年中国电影金鸡奖最佳导演奖。

后来,他还荣获"中国电影世纪导演奖"。

二

凌子风工作起来,总是白天和夜里"连轴转",甚至时常都忘记了吃饭……他的一生,几乎没有节假日,几乎从未在夜里 12 时之前就寝。因而,电影界的同行给他起了一个绰号:"拼命三郎"。随着岁月的更迭,这个绰号越传越广,越传越远,乃至在电影界一部分人的嘴里代替了他的真实姓名,有人还特意向他馈赠几枚刻有"拼命三郎"的精致印章。

我在当年采访凌子风时,他已经 68 岁了,但依然奔忙不止,依然在高度紧张的状态中生活……每天,他清晨 5 时起床,一到 8 时就很少再有自己支配的时间了。

从这时开始,家里的电话铃声响个不停,来访的客人更是络绎不绝。其中,有电影界导演和朋友,还有其他各界朋友和报刊记者、编辑等,有的同他商量工作,有的向他求教,有的对他进行采访,有的请他写字、作画……真是应接不暇。不少前来我国访问的外国文化代表团,也经常主动提出到他的家里进行拜会。

有一次,他的家里一下子涌来 30 多名来自欧洲的客人,两间小屋的沙发、椅子和床铺都坐得满满当当,余下的客人只好蜷缩着坐在地板上。他待人一向和蔼、热情,不论中国客人来访,还是外国客人来访,总是笑容可掬地迎接,无拘无束地攀谈,屋里不时响起琅琅的笑声。

间或,他还应一些单位的邀请参加一些社会活动……

每天从早到晚,由于要做的事情太多,他已经抛弃了午睡的习惯。到了晚上 10 时以后,一间间房屋的灯光陆续熄灭,他的家才安顿下来。此刻,他终于有了可以自己支配的时间,立刻抓紧时间干起"正业"——看剧本、改剧本和写剧本,至少要工作到 12 时。

凌子风(左三)在《春桃》拍摄现场,
给姜文(左一)、刘晓庆(左二)说戏

他的妻子韩兰芳也是很有才气的编剧和导演。韩兰芳看到年近七旬的丈夫每天只睡四五个小时,心疼得不行,反复地劝他休息,他嘴里"嗯嗯"地应允,行动上却"坚决不改"——

这是他一贯的"对策"。因为,他的心里十分清楚:"要想在事业上取得成果,不挤出时间拼命工作,怎么能行? 成果都是'拼'出来的!"

我在1985年10月采访凌子风之前,他接受了拍摄喜剧故事片《棋手》的任务,要在艺术表现手法上进行一些新的探索,但修改剧本仍旧只靠晚上10时以后的"夜战"。韩兰芳逢人就说:"他的生活这样紧张,一般年轻人都受不了,他太'可怜'了!"后来,有关领导专门进行了"特殊安排",不声不响地将他"藏"到天津第一招待所,他的生活才稍稍宽松一些。

三

当年,尽管凌子风的生活这样紧张,身体却一直很结实。他那长长的头发、短短的胡楂子,皆已染上霜色,但宽边镜框里的两只眼睛却熠熠闪亮,手脚也和年轻人一样利落。一位电影界老朋友曾用开玩笑的口吻问:"凌老,您的身子骨这么棒,到底吃了什么补药?"

其实,他的家里不仅没有什么补药,甚至连治疗多发病、常见病的药品也很少。促使他长年不生病并保持旺盛精力的"秘方"是运动,是一种特殊的"家务体育运动"。

凌子风有着好动的性格。以前,他喜欢打羽毛球,喜欢登山、远足,更喜欢游泳。在碧波荡漾的游泳池,在激流滚滚的江河,在波浪汹涌的大海……都出现过他的身影。他奋臂击水,动作自如,是一个引人注目的"弄潮儿"。有一次,他和几位朋友爬到海边的一个悬崖上,面对大海飞溅的浪花,朋友都畏缩不前,他纵身一跃,像一只凌空飞燕扎入海水之中。

后来,他每天都忙碌不堪,难得再抽出时间从事体育运动,只好投身"家务体育运动"。他家养了 180 盆花,还喂着十几只小鸟。每天 5 时起床后,他就开始浇花、喂鸟。接着,他又操起扫帚打扫楼道。这样忙碌一个多小时,身上经常汗流浃

凌子风和石联星在张家口

涔,乏累不堪。他平日十分注意服饰整洁,经常换洗衣服,而且总把衣服熨烫得分外笔挺。洗衣服和熨烫衣服的活计,都由自己包下来——这时间当然是忙里偷闲硬挤出来的。他不去买洗衣机,看到保姆和妻子一时无事可做,也不让她们去干自己的这些"分内活儿"。

如果家里没有客人,他的饮食十分简单,往往一个馒头和一块腐乳便成为一顿饭。要是有客人在家里吃饭,他就要趁机"露一手",系上围裙,卷起袖子,很快做出一盘盘色、香、味俱佳的菜肴。为此,他常忙得很疲惫。

可不要小瞧"家务体育运动",它可以达到锻炼身体的目的。

1999 年 3 月 2 日,凌子风逝世,享年 82 岁。他为我国电影事业所取得的杰出成就,将永远被人们深深地牢记……

庄则栋:下跪,是为追求的事业

一

庄则栋曾蝉联乒乓球男子世界冠军,
三次捧得"圣勃莱德杯"

1984 年 11 月,我与《今晚报》记者常新望在北京两次采访乒坛著名人物庄则栋,一次是在他所住交道口一带四合院里,另一次是在北京市少年宫——这两次采访都给我留下十分深刻的印象,久久挥之不去。

我清晰地记得,在 1961 年我上学时举行的第 26 届世乒赛上,庄则栋夺得男子单打世界冠军,同时是中国队夺得男子团体世界冠军的主力队员。他以直板两面攻打法,见球就攻,攻得很快,攻得很猛,打得虎虎有生气,被人们称为"小老虎"。那时候,他一下子就成为家喻户晓的人物。

我清晰地记得,在1963年举行的第27届世乒赛上,他第二次夺得男子单打世界冠军,仍是中国队夺得男子团体世界冠军的主力队员;在1965年举行的第28届世乒赛上,他第三次夺得男子单打世界冠军,与徐寅生合作夺得男子双打世界冠军,仍是中国队夺得男子团体世界冠军的主力队员。由于他3次蝉联男子单打世界冠军,国际乒联向他授予一尊复制的男子单打世界冠军奖杯——"圣勃莱德杯"。

1961 年世乒赛

庄则栋捧回奖杯

我还清晰地记得,在我下乡插队以后的1971年举行的第31届世乒赛上,他在未能参加第29届和第30届世乒赛的情况下,以顽强拼搏的斗志,依然为中国队夺得男子团体世界冠军立下功劳。

二

更让我记忆犹新的是,他作为风靡一时"乒乓外交"的重要角色,为中美关系正常化做出难得的贡献。

1971年的第31届世乒赛是在日本名古屋市举行的。当年,美国队队员科恩误上了中国队的班车,庄则栋主动与他攀谈,还送给他一件礼物——绣有黄山风景的杭州织锦。班车到了运动员村,科恩走出来,庄则栋又热情地与科恩握手……第二天,科恩找到庄则栋,送给他一件别着徽章的运动衫;美国队领队也来求见,提出希望我国邀请美国乒乓球队访华。

在中美关系尚未正常化的年代,这样的举动被记者发现了,各国媒体纷纷进行图文并茂的报道,一时成为世界瞩目的焦点。

消息传开后,毛泽东运筹帷幄,果断决策,当即决定邀请美国乒乓球队访华。

没过几天,科恩等15名美国乒乓球队队员,应邀前往中国进行访问,开始了"小球推动大球"的"乒乓外交",拉开中美交往的序幕。紧接着,美国总统尼克松访华,随后中美两国建立了外交关系。

对于"乒乓外交",庄则栋是这样说的:"这是乒乓球有幸成为国家外交战略的'棋子'而已。中美建交的时机已经成熟,这才是缔造这段历史的必然条件,而乒乓球只是一个偶然因素,否则中国乒乓球再厉害,也是打不到另一个半球上去的。我能成为这个'棋子'感到光荣,但这其实是中国乒乓球界的光荣,也是中国所有乒乓球爱好者的光荣。"

三

然而,庄则栋在人生的征途上走过"弯路"。他在"文革"中的 1974 年至 1976 年,一度担任国家体委主任,与那个年代被"四人帮"拉拢的干部一样,也跟随"四人帮"做了一些错误的事情,犯了严重政治错误。1976 年粉碎"四人帮"后,他被隔离审查。直到 1980 年,对他的审查才告结束,他来到山西乒乓球队担任教练员。

他在山西乒乓球队执教期间,常常这样说:"自己在体育界犯了很大的错误,造成了很大的损失,为此抱愧终身;自己在乒乓球运动方面积累了一定的知识,在经历一番坎坷之后,把它奉献给社会,不也是很有意义吗?"他在山西先后跑了 40 多个县,向那里有关人员传授乒乓球知识。他还与山西临汾体委乒乓球教练纽琛通力合作,写出 40 万字的乒乓球专著《闯与创》。

这一本倾注庄则栋心血的《闯与创》,通过他前半生进行训练和参加比赛的不平凡经历,介绍了打好乒乓球的经验和教训。他的旨意是"加强交流,抛砖引玉"。

四

1984 年 6 月,庄则栋回到北京,在曾经培养他的北京市少年宫担任教练员,辅导青少年打乒乓球。这年的 11 月,我与常新

望在北京采访庄则栋时,他以《闯与创》为由头,向我们讲述了
他与日本乒坛名将荻村之间的一段感人经历……

首捧斯韦思林杯

荻村是一员骁将,有着"智多星"的绰号,屡屡在世乒赛上
取得骄人战绩,曾两次夺得男子单打世界冠军,5次夺得男子团
体世界冠军,5次夺得男女混合双打世界冠军,3次夺得男子双
打世界冠军。

1971年,庄则栋随中国乒乓球队赴日本时,荻村与他进行
了一次长谈。在谈话中,荻村娓娓叙述了自己步入乒坛的一段
辛酸往事:在20世纪50年代初,荻村依靠灵活的步法、凌厉的
长抽和多变的战术,使自己的技术达到很高的境界。可是,由于
手中无钱,却不能参加世乒赛。

荻村的一些朋友得到音信,心急如火,主动提出要为他募
捐。于是,他们来到东京繁华商业区银座一带,在脖颈上挂起一
块牌子,写着"为让荻村先生参加世乒赛募捐"的大字赫然入

目,向过路行人"乞讨"。

过了一个多月,他们才把钱筹措足了,一下子塞到荻村手中。荻村捧着这一笔钱,嗓子像被东西卡住,一句话也说不出来,两行热泪禁不住滚落下来……过了片刻,他"扑通"一声跪在他们的身前。

——这是荻村所讲的"下跪"。

无独有偶。庄则栋也向荻村述说了自己少年时代的一段尴尬往事:在庄则栋学习打乒乓球时,荻村就是他没有拜过的心目中的"老师"。1956年,荻村第二次夺得男子单打世界冠军,他的伙伴田中利明屈居亚军。这一年,一部介绍荻村等日本乒乓球运动员训练的纪录影片传到中国,在内部放映。当时,只有16岁的庄则栋很想目睹这位世界冠军的风采和技术。他跑了许多地方,打听这一部影片是否放映,都一无所获。

一天,他得知前门附近的一家银行准备放映,顿时欣喜若狂,刚一放学就风风火火地赶去。然而,他一无票,二无介绍信,理所当然地被守门的老大爷挡住了。他说尽了好话,老大爷依然不允。离放映只有1分钟了,他在情急之中,突然不顾一切地跪在老大爷面前……老大爷被感动了,终于把他放了进去。

——这是庄则栋所讲的"下跪"。

荻村的"下跪"和庄则栋的"下跪",都是对乒乓球运动的执着追求,是一种强烈的事业心!这诚如他俩的一致表白:"为世界乒乓球运动做贡献,我们所走的道路是一样的……"

光阴荏苒,到了1984年10月,时为日中友协副会长、国际乒联第一副主席的荻村,从日本专程来到北京拜访庄则栋。他俩刚一见面,就紧紧地拥抱在一起,任凭感情的潮水在胸中奔涌。

"见到你,我非常高兴。希望你多发些光、发些热,为世界乒乓球运动继续贡献力量。"荻村说。

"我现在是一块炭,无光了,还能发一些热。"庄则栋若有所思地回答。

庄则栋所说的"发一些热",就是他与纽琛合作写了乒乓球专著《闯与创》,而荻村就是为这一本书而来的。

五

原来,他俩当初在日本那次长谈结束之际,荻村向庄则栋赠送了自己写的一本介绍乒乓球训练法的书,并说:"你什么时候出一本书,我在日本为你出版。"庄则栋一口答应了:"对朋友的许诺,能够实现才是诺言。"他果然实现了自己的诺言,却是在经历那么多曲折之后才实现——把《闯与创》写出来。

当时,《闯与创》一书已决定由展望出版社出版,于是荻村特意来到展望出版社,吐露了自己的想法:"由贵社负责出版中文本,在国内发行;由我负责翻译、出版日、英、法等多种文字外文本,在国外发行。"随后,荻村与展望出版社几经协商,达成了一致的协议。荻村终于了却自己的一个心愿。

我与常新望在采访庄则栋之后,将这一段传奇经历写成以《庄则栋与荻村》为题的文章,在《今晚报》体育版连载,受到广大读者的关注。

在以后的岁月里,他还于2000年在济南成立庄则栋乒乓球学校,于2002年在北京成立庄则栋乒乓球俱乐部,于2003年在太原成立庄则栋乒乓球俱乐部,于2004年在淄博成立庄则栋乒乓球俱乐部……他一直在为乒乓球事业做着自己的一份贡献。

2013年2月10日,庄则栋溘然长逝,享年73岁。他被葬于北京昌平凤凰山陵园,墓碑上方是他打乒乓球的雕塑,下方刻着"庄则栋"的名字和生卒年月,一旁还有一个象征乒乓球的圆形石球。

他永远长眠在这里……

张燮林：执着，成功的起点

一

1984年5月，我与《今晚报》记者祝相峰在上海采访了著名乒乓球运动员、教练员张燮林。

我们这一代人，对张燮林太熟悉了！

张燮林

张燮林是上海人，生于1940年，他属直板削球、稳削结合反攻的打法，每板削球都非常稳健，有些球几近擦网而过，有些球在落地前的一瞬间用球拍擦着地削过去，犹如"海底捞月"。他的削球还富于旋转多变，伺机反攻又出其不意，常令对手防不胜防。看他打球，观赏性远远大于竞争性，让人们大呼过瘾，充满赏心悦目之感。

他被誉为"乒坛魔术师"。

我清晰地记得,第 26 届世乒赛于 1961 年在北京举行,中国乒乓球队一举夺得男子团体和男子单打、女子单打冠军,结束了 20 世纪 50 年代以来日本乒乓球队的霸主地位。张燮林虽然只获得男子单打第三名,但是作为"秘密武器",以出色的削球将日本名将打得一塌糊涂,先后淘汰了风头正盛的星野和三木圭一,一时引起轰动。

赛后,星野颇有感慨地说:"张燮林的削球,就像打不断的杨柳。"三木圭一也说:"他的削球像是火,好似一下呼地烧起来,也弄不清楚怎么回事。"对此,张燮林谦虚地表示:日本选手在比赛中输给我了,把我说得厉害些,面子上好过一点。其实,并不尽然,张燮林是实实在在在"厉害"啊!

我还清晰地记得,在 1963 年举行的第 27 届世乒赛上,他首次担任中国男队第一主力,在决赛中以两个 2:0 击败日本选手,为中国队蝉联男子团体冠军立下赫赫功劳。他还与打削球的天津籍选手王志良合作,为中国队首次夺得男子双打冠军。

在 1965 年举行的第 28 届世乒赛上,他继续作为中国男队主力队员,为中国队又一次夺得男子团体冠军而建功。

在 1971 年举行的第 31 届世乒赛上,他又与打削球的女选手林慧卿合作,为中国队夺得首个混合双打冠军。

从 1972 年到 1995 年,他一直担任中国女队教练,在世乒赛中一共夺得 10 次女子团体冠军、9 次女子单打冠军、8 次女子双打冠军、9 次混合双打冠军,使得中国女队长时期地占据世界女子乒乓球运动的顶峰。

他也获得很多荣誉：自 1963 年以来，连续 6 次获得国家体委颁发的"体育运动荣誉奖章"；1996 年，被国际乒联授予第一个"世界最高教练员荣誉奖"；2008 年，被国际乒联授予"国际乒联杰出贡献奖"。

<h1 style="text-align:center">二</h1>

张燮林在乒乓球事业取得巨大成功，缘于他从小就对乒乓球运动有一种执着的追求……

他从小就喜欢打乒乓球。上小学 2 年级时，学校只有一张乒乓球台，只允许 3 年级以上学生在乒乓球台打球。即便这样，乒乓球台两旁还是排起长队，大家轮着打，一个同学回完一拍就要被换下，好像"走马灯"一样。他是 2 年级学生，没有资格在乒乓球台打球，怎么办呢？放学以后，他就来到微弱灯光下的商店门前，用粉笔画一根线当"网"，再画一个长方形当"台"，与小伙伴们打得不亦乐乎。周末的下午，菜市场收摊了，腾空了卖菜的台子，他与小伙伴放上两个书包，中间用竹竿一架，就成一个"球台"，然后兴致勃勃地打起来……

他上 5 年级时，在当地打乒乓球已小有名气；上 6 年级时，学校组织一支乒乓球队，由他担任队长。到放假的时候，他们就与附近工厂、商店和学校的乒乓球队进行比赛。当时，学校认为这有利于学生的德智体全面发展，所以对他们是很支持的。

然而，张燮林打乒乓球却遭到家人的反对，尤其是他的祖父反应更为强烈。他的祖父认为，打乒乓球玩一玩可以，当成职业是靠不住的,那会让他头脑简单、四肢发达。他的几块球拍都被祖父用劈柴刀给劈了。后来,他只好将球拍放到同学家里,在打球之前,先取球拍再去打球。

张燮林、杨瑞华回娘家(上海汽轮厂)

1958 年,他考入上海汽轮机厂技校。当时,上海正举办乒乓球赛,他报名参加了。经过向技校的老师请假,他每天下午 3 点从地处闵行区的技校乘坐公共汽车到市内参加比赛,由于都是泥土路,来回需要 3 个小时。他就这样每天来回奔波……

当时,家人仍然反对他打乒乓球,说是每天跑这么远的路,还要花车费,就不让他再打了,只想让他学习一门技术,将来当一个技术工人。

不料,乒乓球比赛实行淘汰制,只有输球被淘汰了,才不能打球了,可他打一场赢一场,居然打出了好名次。

不久,上海汽轮机厂技校就接到通知,让他到上海乒乓球队集训,成为一名专业乒乓球运动员。这时,家人才默认了他的选择。

从此,他开始了辉煌的乒乓球运动生涯……

张燮林所取得的成功,缘于他对乒乓球运动从小就有执着的追求。所谓执着,就是对某一事业有着极强的渴望,为了达到目的,始终坚持不懈、坚定不移,甚至不惜一切代价。他做到了"执着",才一步步地走向成功!

三

1984年5月,我与祝相峰采访张燮林时,正值国际乒联颁布新规则,如球拍两面颜色要不同,发球时手和球拍必须在球台上,发球时不能跺脚……否则,要判失分。这些新规则给中国乒乓球队带来不利因素,中国乒乓球队还能处于领先地位吗?

张燮林就这个问题谈了自己的看法。他说,新规则的颁布,确实给中国乒乓球队带来一定的影响,使得中国乒乓球队与欧洲一些强队的水平越来越接近,与亚洲一些强队的水平也越来越接近。西方有些报纸认为,中国乒乓球队将面临更大的挑战。对于这一点,我们并不否认。

张燮林表演独门绝技"海底捞月"

然而,张燮林对中国乒乓球队的前途,并没有失望,而是充满了希望。所以,他又说,中国乒乓球队在1981年举办的第36届世乒赛拿了7项冠军,在1983年举办的第37届世乒赛拿了6项冠军,不光是胜在规则上面,主要是胜在实力上面。中国乒乓球队是一支实力十分雄厚的队伍。

我们还要看到,乒乓球运动在我国非常普及,中央和各地领导都非常关心这一运动;我们有一支水平很高的教练队伍,并在训练、选材方面积累了丰富的经验。因此,在新的挑战面前,我们有理由相信,经过大家的努力,中国乒乓球队还是可以在世界上处于领先地位的。

我与祝相峰以《在新的挑战面前》为题发表一篇专访,披露了张燮林的这些见解,在社会上赢得一片赞许声。

而随着岁月的更迭,中国乒乓球队以无可争辩的事实,一次又一次地印证了张燮林见解的正确……

胡荣华:聪明,并不起决定作用

一

1983 年 5 月和 1985 年 1 月,我在上海和广州对中国象棋特级大师胡荣华进行两次采访,颇多收获……

作为中国象棋特级大师的胡荣华,又被誉为"中国象棋界一代宗师""20 世纪最杰出象棋手之一",一生充满了传奇色彩。

胡荣华

胡荣华是上海人,生于 1945 年,从 8 岁起就开始接触象棋。当时,上海下象棋风气很盛,他家附近一个棋社,每天都有很多人下棋,他经常去观看,就与店主混得很熟了。于是,店主就让他找一些对手下棋,如果他输了,就不用付钱;

如果他赢了，就由对手付 2 分钱。对手都是成年人，不会把他放在眼里，却怎么也想不到常常让他赢了，甚至让他赢得多盘。在他 10 岁时，与一些对手下棋，曾在一个小时内连续赢了 23 盘，一时引起轰动，也让他在年少时就享受到成功的喜悦。

小有名气的胡荣华于 1959 年被招入上海象棋队，与队里的老棋手对决却总是输棋。他的心里十分清楚，老棋手水平明显比他高，所以每次输棋后总要进行认真的反思，认真地总结。同时，他在白天参加训练后，晚上就如饥似渴地精心研究棋谱，星期天也不回家，还要继续进行研究。他逐渐学会了一套套复杂多变的套路，每走一步棋，不再只顾一种应对，而是有了多种应对，水平得到很大的提高。

1960 年 10 月，首届全运会在北京举行，15 岁的胡荣华在中国象棋赛中一举夺得冠军，成为中国象棋界年龄最小的全国冠军。从此，中国象棋界进入"胡荣华时代"。

1979 年，胡荣华又一次夺得全国象棋个人赛冠军。从 1960 年夺得首个全国冠军，到这年又一次夺得全国冠军，他以一发而不可收的势头，创造了"十连冠"的杰出成绩。

2000 年，在被称为"20 世纪最后一届棋赛"的全国象棋个人赛中，几乎所有象棋高手都赶来进行角逐，然而最后夺得冠军的又是已经 55 岁的胡荣华，成为"世纪末最后一个全国冠军"。

2006 年，在全国象棋排位赛中，61 岁的胡荣华虽已进入花甲之年，依然夺得冠军——这是他自 15 岁首次夺得全国冠军以后，第 15 次夺得全国冠军，同时又成为中国象棋赛年龄最大的全国冠军。

二

胡荣华还是下盲棋的高手。

他的脑子里经常印着一张无形的棋盘,并有棋子演绎不同的对决,善于进行"盲目车轮战",因而也善于下盲棋。

1966年,一场席卷全国的"文化大革命"开始了,他与大多数棋手一起被下放农村劳动。在劳动期间,没有棋盘,也没有棋子,他就在每天劳动的间隙,默默静坐,闭目思棋,假设对手,好不热闹。一天,一个老农看他纹丝不动地坐着,甚是好奇,经询问得知他正在"自己的脑子里下棋",就约好村里下象棋的14位高手,傍晚时分在村边打谷场摆下14个棋盘,让他背着棋盘进行对决。

"不看棋盘,一对十四!"乡亲们把这当作一大奇事,瞬间把打谷场围得水泄不通。

胡荣华背着棋盘提出要求:"我不看棋盘,你们只要把自己走的路数准确地告诉我就行了,从第一位开始,依次地去做。"

就这样,两个多小时过去了,他始终未看一眼棋盘,竟然取得12胜2和的战绩。

乡亲们得知结果,纷纷报以热烈的掌声,还说他有"特异功能"。

在多年棋坛生涯中,胡荣华对象棋理论的研究,对象棋古谱的发掘和整理,也有很深的造诣。他撰写许多有关象棋的著作,其中《胡荣华象棋自战解说谱》《十连冠的棋兰精华》《胡荣华对局集》《旷代棋王胡荣华全集》等,堪称很有影响的经典之作。

三

胡荣华为何能取得这样的成功?

我曾听说,他天资聪颖,记忆力过人,以为这是他取得成功的决定因素。

1983 年 5 月,我在第一次采访他时提出这个问题,他的回答大大出乎我的意料:"人的天赋不是决定因素,勤学苦练才能取得最后的成功。"

在采访中,他就这一问题打开了话匣子。他说:"象棋比赛是一种智力的竞赛。要下好象棋,必须掌握一定的基本知识。何谓掌握基本知识? 就是指懂得有关象棋的理论,具有象棋比赛的实战经验,进而能够下好象棋的开局、中局和残局。一个人只有花费大量的精力,才能掌握基本知识,并取得优秀的成绩。反之,不肯用功,只想靠聪明赢来成功,那是根本不可能的。"

他说:"在象棋比赛中,聪明起一定的作用,但不起决定的作用。思维比较敏捷的人比思维相对不太敏捷的人,在下每一步棋时思考的时间可能要短一些,这是事实。然而,我却碰到不少这样的事例,即思维比较敏捷的人被思维相对不太敏捷的人,打得一塌糊涂。究其根源,主要是他们用功的程度不够。两个人在棋盘上展开激战,谁胜谁负,起决定作用的是看谁平时用功。谁是胜利者,谁无疑就是用功的人。这正如大发明家爱迪生所说的那样,天才是百分之二的灵感,百分之九十八的汗水。"

　　他最后说:"我在象棋比赛中取得一些成绩,主要是由于下了功夫。如果让我说一句不谦虚的话,我就会毫不犹豫地说,我是一个用功的人。总而言之,我在自己的经历中深深体会到这样一个道理,就是要想成功必须用功!"

　　当年,我将他的这些见解,以他的"第一人称"整理成一篇文章,题目是《要想成功必须用功》,刊登于1983年5月21日《天津青年报》,在社会上引起广泛的好评。

　　1985年1月,我在广州对他进行第二次采访时,他刚刚夺得第五届"五羊杯"中国象棋冠军赛的冠军。刚一见面,就发现他的脸庞比以往消瘦多了,两只眼睛凹陷下去,好像还没有消除大赛后的疲劳。

亚运会象棋赛场上担任裁判的胡荣华

　　看着我疑惑的神情,他笑着说:"在比赛中,下每一盘棋至少用三四个或五六个小时,而许多比赛往往要持续十几天,所以是很累的。有一个省的象棋队做过统计,棋手每参加一次比赛,体重都要下降四五斤。我在'五羊杯'赛中取得了冠军,也消耗了很大的体力。"

　　他还说:"我在国内的棋手中,已经是'老'的了,但我不服'老',要继续和年轻的棋手进行竞争。我感到,现在自己的研究能力下降了,反应能力、记忆力也不如从前了,可我要更加用功,为提高中国象棋水平尽到责任。"

　　当年,他还在强调要继续"用功",并笃信只有"用功"才是保持好成绩的决定因素。

　　他这样做了,也达到了自己的目的……

凡事都非常认真

认真，就是积极地、竭尽全力地向好的方向努力。一个人做事认真，就会有一种专注、一种热忱、一种坚韧，就会不躁动，永远也不言放弃，直至取得最后的成功。

范曾:迁善当如风之速

一

20世纪八九十年代,我与著名画家、文化大师范曾多有交往,曾经与他一起考察古迹,请他参与一些活动,并对他进行深入的采访……

范曾出生于1938年7月,江苏南通人。他于1955年考入南开大学历史系,1957年转入中央美术学院,1962年毕业后到中国历史博物馆工作。他于1984年调入南开大学东方艺术系,担任系主任。目前,他是南开大学终身教授、南开大学文学院和历史学院博士生导师、北京大学中国画法研究院院长、中国艺术研究院终身研究员……此外,他还有许多其他的任职。

范曾

他还曾获聘联合国科教组织

"多元文化特别顾问",成为中国获此荣誉第一人。

汶川地震后,范曾为灾区捐款

他做出了颇多的义举:他于1984年调入南开大学东方艺术系后,就自己捐款着手兴建东方艺术大楼,而他的这些捐款是通过卖画所得,用当时冯骥才的话说,是他"画"出了这一座楼。随后,2003年,天津发生"非典"疫情,他捐款50万元;2004年,中华文学基金会倡议建立"育才图书馆",他捐款100万元;2008年,四川汶川地区发生强烈地震,他捐款1000万元;2009年,四川非物质文化遗产保护中心抢救羌族文化,他捐款300万元;2010年,青海省玉树藏族自治州发生强烈地震,他捐款1000万元……

范曾凭借深厚的国学基础和对中华民族文化的独特理解,以史入画,以文会意,逐渐形成书、画并绝和诗、文并佳的艺术风格。他已出版画集、书法集、诗集、散文集、艺术论文集、演讲集等160余种,可谓"著作等身"。他在2011年12月荣获"中华艺文奖终身成就奖"时,曾有过这样的评价:"痴于绘画,能书;偶为辞章,颇抒己怀;好读书史,略通古今之变。"

他于2013年5月,与诺贝尔物理学奖获得者杨振宁、诺贝尔文学奖获得者莫言一起现身北京大学,以"科学与文学的对话"为主题,与大学生们进行面对面交流,中央电视台以此录制了特别节目《开讲啦》,在社会上引起广泛的关注。

二

范曾的画具有很高的影响力。他创作的"中国古代人物画",获得中国古代科学家邮票设计一等奖;他创作的17幅历史人物肖像,被选入《大学语文》教材;他创作的《唐人诗意图》,被悬挂在人民大会堂金色大厅;他创作的《有朋自远方来不亦乐乎》,在上海世博会展出……

2011年,范曾首次登上"胡富艺术榜"榜首。转年,他又以2011年9.4亿元的成交总额,再次登上榜首,其中《八仙境心》以6900万元拍出。

后来,我曾听说,当有的记者问到范曾作品价格时,他并没有回避,也不反对艺术与市场产生关系,但却是这样回答的:"我从来不参加任何拍卖活动,我不会听说画卖贵了就高兴,更不会因为价格低就悲伤。市场不会影响我的创作。"同时,他还说出这样的看法:"画家的画卖出钱来是光荣的,但我们不能说在市场上卖不出去的画,就不是好的艺术品。凡·高一生几乎没有卖出一张画,但我们不能否认他是一个伟大的艺术家。艺术与市场不是成正比的。"

三

1989年5月,由《今晚报》发起评选"津门十景"活动,范曾是评委会成员之一。在群众各抒己见、充分讨论和展开争鸣的基础上,最终由市政府宣布了"津门十景"的诞生:蓟北雄关、海门古塞、独乐晨光、三盘暮雨、沽水流霞、龙潭浮翠、中环彩练、故里寻踪、双城醉月、天塔旋云。当年,由《今晚报》与天津电视台联合拍摄了电视艺术片《津门十景》,繁重而紧张的拍摄任务是由李家森等人承担的。时任中共中央政治局常委李瑞环为这部电视艺术片题词:"景连盛世 情系民心。"精彩的解说词由冯骥才撰写,解说由赵忠祥担任,配乐由鲍元恺安排,片名和景名则由范曾题写。由这一"强大阵营"拍摄的这部电视艺术片,在中央电视台黄金时段进行播出,在全国产生很好的社会反响。

在评选"津门十景"过程中,我作为参与者还随同范曾考察了蓟州的独乐寺、盘山摩崖石刻和市区的水上公园,听他诉说了许多独到的见解。

四

我于 1986 年 11 月对范曾进行的一次采访,是在他的家里——南开大学东村教授楼进行的,至今仍给我留下十分深刻的印象。当年,我正为《今晚报》体育版"名人与健身"专栏撰稿,所以那次采访的话题不是谈"艺术",而是别出心裁地谈"健身"……

当年,范曾已经 48 岁,但体魄仍很健壮。他的头发乌黑发亮,浓黑眉毛下两只大眼炯炯有神,长方的脸庞容光焕发,身躯动作分外灵活,风度也很潇洒。倘若说他只有 40 岁左右,还真会迷惑许多不明真相的人。

其实,范曾在青年时期并不喜欢体育运动。20世纪50年代,他在南开大学就读,虽然也经常参加跑步、游泳、滑冰、体操和各项球类运动,但都是"被动式"的——因为那是集体晨练、课间操和体育课的活动,非参加不可,否则会以违反纪律论处。在其他的课余时间里,他很少主动参加什么体育运动。当时,他的各门功课的成绩都很好,唯独体育课成绩不算太好。

一次,他的100米短跑成绩若达不到14秒2的"劳卫制"规定标准,就不能评为优等生,这一下可把他愁坏了。在100米短跑测试之前,他向同班的一个"哥们儿"进行了通融,恳请"多加关照"。发令枪一响,他甩开步子,摆动双臂,在跑道上不顾一切地跑起来……跑到终点,"哥们儿"看下计时表,脸上露出难堪的神色。过一会儿,"哥们儿"猛然装出高兴的样子,假惺惺地握着他的手说:"向您祝贺,刚好14秒2。"他的嘴里喘着粗气,心脏还在"突突"地剧烈跳动,但此刻他的心里十分清楚,自己的成绩肯定在15秒以上。

岁月悠悠,范曾在事业上取得了成功,同时也打破了平生不喜欢体育运动的"纪录",竟把参加体育运动作为生活中一项不可或缺的内容。

这是为什么呢?

因为,他懂得了这样的道理:必须过有规律的生活、陶冶乐观的性格和进行适当的体育锻炼,才能保持身体的健康,进而去做更多的工作;其中的体育锻炼,绝非可有可无,而是不可一日离开。

五

"迁善当如风之速"——这是传延至今的古训。于是,他很快摒弃不喜欢体育运动的习惯,开始了适当的体育锻炼。

他每天清晨 5 点半起床,晚上 11 点入睡;上午作画、写诗、写文章;中午小憩片刻,下午会客、看书、看报刊和作画,晚上干一些杂务。一天的活动,他安排得井井有条,从不轻易打乱。他在生活上并不是事事如意,也常常遇上不顺心的纠葛。然而,他能很快控制住波动的情绪,进入"制怒"的状态。在绝大部分时间里,他是在平静、舒畅的气氛中度过的。

他尤其注意进行适当的体育锻炼。每天,他起床后的第一件事情就是做颈椎操,又是摇头,又是摆臂,每次都做 20 分钟。他长年在屋内作画,曾一度脊椎骨质增生,而通过做颈椎操尽快得到了康复。在每天的工作中,他感到身体乏累了,就随时找一块空地,拉开架式打一套简化太极拳。每天下午,他还抽出一定的时间,带着"计步器",从家门走出来,在绿荷茂密的马蹄湖、碧波荡漾的新开湖和高高耸立的主楼附近条条小径上,不停地穿来穿去,直到完成"定额"——走完 1 万步,再悠然自在地返回。饶有兴味的是,他的工作与气功紧紧地连在一起。

他曾看过气功的书籍,还订阅了《中华气功》杂志,谙熟有关气功的理论。他非常清楚:一位画家作画的过程,实际上也是一种"练气功"的过程。因为,画家在作画时,精神处于高度集中的状态,一切旁虑、杂念都已摒弃,同时在脐下的丹田自觉运

"气",这和气功中的"入静""意守"有着异曲同工的作用。

范曾站在工作室画案前,挥起毛笔凝神作画,身体丹田部位的"气"顺着"经络"流动,一直通过手指,手心有些微微发热——

迎百年校庆,南开艺术校友会
成立大会上,范曾发言

这是随着时间推移逐渐产生的感觉。此刻,他的心中只有画面的形象,笔尖按照自己的心意潇洒自如地运行,进入一种"心手相融"的境地。他在深思中产生的愉快、惬意、狂喜、幻想、愤懑、哀思……通过一笔笔勾勒的栩栩如生的作品,淋漓尽致地表现出来。在作画之际,往往一连两三个小时,他站在原地一动也不动,周围的一切,都全然不知了……

每逢作画完毕,他不仅没有一丝一毫的不适、疲劳之感,而且觉得浑身清爽,神志清醒,双眸透亮,真是妙不可言。我将当年采访范曾的这些内容,写成一篇题为《迁善当如风之速》的专稿,发表于1986年11月23日《今晚报》体育版的"名人与健身"专栏。随后,又收入我撰写的由天津人民出版社出版的《名人健身集粹》一书。

"常亲小劳则身健。"如今,范曾已年届八十,身体仍很健康,仍充满了活力,仍不乏佳作迭出……我想,这与他长年坚持适当的体育锻炼有很大关系吧!

秦牧：干好最不容易干的事

一

1984 年 5 月中旬，我与《今晚报》记者祝相峰前往广州，采访了著名作家秦牧。

秦牧于 1919 年生于香港，广东澄海人，少年时期在新加坡侨居，1938 年开始在广州报刊发表作品，抗日战争期间参加了中华全国文艺界民主同盟。1949 年，他到广州从事编辑和创作工作。他的一生著述颇丰，既有散文、小说、童话、戏剧、诗歌，又有文艺理论，可谓无所不包，被誉为"一棵繁花树"；特别是他的散文，思路开阔，知识丰富，文字流畅，言近旨远，在当代文坛独具地位，又被誉为"散文一绝"。

20 世纪 60 年代，我在上中学期间，曾拜读了他的散文集

秦牧

《艺海拾贝》。他的这一部书,着重讲述文学艺术的创作方法,在阐述种种见解之际,把专业性、科学性和趣味性融为一体,回答了读者在文学艺术创作中常常遇到的问题,引导读者领略文学艺术创作的真谛,让读者游于文学艺术之海而流连忘返……在当时极"左"的年代,这部书给广大读者尤其青年读者,带来了丰富的文学艺术的滋养,成为影响深远的畅销书。我从学校图书馆借到这本书,刚一阅读就被深深地吸引,用不长的时间就读完了,深感受益匪浅。

二

这次到广州采访秦牧,是我早已萌生的心愿。

那天下午,我与祝相峰来到秦牧家中,在一间充满书卷气的客厅里,对他进行了采访……

秦牧性格沉稳,但一进入话题,立刻就滔滔不绝地讲起来,思维那么敏捷,学识那么渊博,谈吐那么清晰,显露一种特有的才气。

我们交谈的话题,主要是"如何提高文学作品的质量"。秦牧从"关于文学创作队伍""关于文学批评问题""关于文学评奖问题"三个方面,讲述了经过一番认真思考的见解,我们一一进行了报道,在社会上产生很好的反响。

在当时的形势下,秦牧很有针对性提出的"专业观",至今仍给我留下十分深刻的印象。

他首先谈到文学创作的现状:各地文学刊物刊登了大量文

学作品,出版部门也印行了为数可观的文学书籍,但广大读者对这种状况不尽满意,因为震撼人心的文学精品太少了!

他认为,文学作品的质量不够理想,这与缺乏一大批认真从事写作的作家很有关系。一所大学有专职人员两三千人,没人认为不合理;一所中学有两三百名专职人员,人们也认为是很正常的事。然而,如果建立一支庞大的专业作家队伍,为10亿多人民生产精神食粮,有人就会觉得可惜,甚至认为是一种浪费,这是不对的。

他认为,现在出版物很多,而作家队伍很小,因而使得一些质量不高的作品得以发表,出现了粗制滥造的现象。许多作者只是利用业余时间来写作,就势必影响文学作品的质量。最不容易的事情,却是用业余时间的精力去做,肯定做不好。

他认为,全国从事写作的作家,据了解在数量上是不多的,远远不能满足出版物的需要。这种状况应加以改变。

秦牧手稿

他深有感触地发出呼吁:我们必须建立一支庞大的专业作家队伍。

秦牧的这一见解,被我概括为繁荣文学创作的"专业观",即只要建立一支庞大的专业作家队伍,就一定能让优秀文学作品,犹如雨后春笋般层出不穷。

我觉得,这种"专业观"在

今天仍有一定的现实意义,仍可给人们深刻的启迪:不论搞好文学创作,还是搞好各行各业的工作,都毋庸置疑地需要建立更加庞大的专业队伍啊!

1992 年,秦牧与世长辞,享年 72 岁。

秦牧夫妻旧照

黄宗英：永远对知识充满好奇

一

1984年9月，我与《今晚报》记者祝相峰前往北京采访了著名作家黄宗英，至今仍难以忘怀……

当年，年近花甲的黄宗英听说我俩是从天津而来，脸上露出丝丝笑意，马上就表白："天津是我的第二故乡，我少年时期的一半都留在了天津。"

黄宗英

黄宗英的经历是这样的：她于1925年生于北京。7岁时，她的父亲黄曾铭从北京西城电话局调往青岛电话局任总工程师，她随家人迁往青岛，进入江苏路小学学习。9岁时，父亲突然病故，她又随母亲来到天津投靠亲友，家住和平区保定道一所小楼里，进入树德小学学习。到了12岁，她在高小毕业后报考了南开中学。在发榜的那天，她独自向南开中学走去，走到离中原公司(今百货大楼)不远的地方，突然发现街上秩序大乱，行人纷纷向店铺躲去。她也躲进一家店铺，只见一辆辆挂着日本太阳旗的坦克从街上开过来，顶盖周围坐满荷枪实弹的日本兵……第

黄宗英(中)

二天，她就听说南开中学、南开大学遭到日本飞机的轰炸，不能再去南开中学学习了。幸亏耀华中学为南开中学学生设立了"特班"，她才能来到"特班"学习。后来，"特班"取消了，她又转入正式班学习。1941年，她在耀华中学上了半年高中，就因交不起学费而退学，并在初秋时节去上海谋生。

黄宗英的家庭堪称"艺术之家"。

她的大哥黄宗江，是著名编剧和作家。黄宗江于1938年在南开中学毕业后考入燕京大学。1957年，黄宗江与胡言实合作担任电影《柳堡的故事》编剧，同年又与沈君默合作担任电影《海魂》的编剧；1963年，黄宗江担任电影《农奴》的编剧；1982年，担任电影《柯棣华大夫》的编剧……这些经典的电影都在当时产生了广泛的影响。

她的弟弟黄宗洛，是著名表演艺术家。黄宗洛曾在耀华中学学习，于1946年考入燕京大学，后来又在华北联合大学、中央戏剧学院学习。黄宗洛在北京人艺话剧舞台度过了四十多个春

秋,以演"小角色"闻名,被昵称为"龙套大王"。黄宗洛第一次上银幕是在著名导演谢添于 1962 年执导的电影《锦上添花》中,扮演一个搭错车的乘客。谢添于 1982 年执导电影《茶馆》,又让黄宗洛扮演松二爷。黄宗洛"触电"以后,参演了 20 多部电影,陆续获得不少奖。人们都说,黄宗洛演了一辈子"小角色",却是不折不扣的"大师级人物"。

<h1 style="text-align:center">二</h1>

黄宗英的人生道路充满了传奇色彩……

1941 年,她离开天津到上海谋生,是被大哥黄宗江来信叫去的。抵达上海后,她进了天津老乡、著名戏剧艺术家和导演黄佐临主持的上海职业剧团,不久就在话剧《蜕变》中上场,从此

黄宗英为赵丹著作题字

步入舞台。1946 年冬,她第一次参拍电影,在《追》中担任女主角,又从舞台走向银幕。紧接着,她又参拍另一部电影《幸福狂想曲》,与著名表演艺术家赵丹一起担任角色。这个偶然的机会,让黄宗英与赵丹相恋,在影片拍摄结束之时,两人举行了婚礼。

从此,黄宗英的命运与赵丹紧紧地连在一起。

《幸福狂想曲》上映后,黄宗英年轻漂亮的形象,还有自然纯熟的演技,

让许多观众为之倾倒。随后，她
又参加了《丽人行》等多部影片
的拍摄。

黄宗英(中)、赵丹教孩子写字

1948 年末，她与赵丹在电影
《乌鸦与麻雀》中扮演重要角色。
这部影片被认为是中国 20 世纪
40 年代后期成就最突出的喜剧
电影，也让黄宗英引以为荣。

新中国成立后，她成为上海电影制片厂演员，先后参演
《家》《聂耳》等影片。

年轻时的黄宗英是电影明星，但她却把这一光环看得很淡，
反而更看重文学创作。她从 50 年代末就以写作为主了，从诗
歌、散文、剧本到报告文学等都有涉猎，成功地从演员转型为作
家，并且是大名鼎鼎的作家！

三

在以后的岁月里，黄宗英撰写了大量文学作品，尤以报告文
学的成就最为突出，出版了一系列报告文学专集。她撰写的报
告文学《大雁情》《美丽的眼睛》等，荣获全国 1977—1982 年优
秀报告文学奖。她撰写的报告文学《小木屋》，在社会上引起轰
动，很快被中国电视剧制作中心拍成电视片，在美国获国际奖。

就在报告文学《小木屋》发表并被拍成电视片之际，我与祝
相峰专程奔往北京，采访了十分忙碌的黄宗英……

报告文学《小木屋》讲述了一位女科学家与西藏高原的故事，即高原生态学家徐凤翔47岁选择进入西藏，在西藏的高山密林间搭建一座木头小屋，进行了长达18年的科学研究，做出了让人们难以想象的贡献，而这座木头小屋就是后来西藏高原生态研究所的前身。这是黄宗英在那里钻密林、爬山坡、住帐篷，进行了3个多月异乎寻常的采访写成的。

这篇报告文学被称誉"为知识分子振臂一呼"的佳作，徐凤翔和她的"小木屋"也成为一代知识分子献身科学的缩影。

当中国电视剧制作中心决定将报告文学《小木屋》拍成电视片时，黄宗英以更加炽烈的热情参与进去。

黄宗英对我与祝相峰讲，这部电视片导演是著名表演艺术家白杨之子蒋晓松，徐凤翔以本人面目出镜，她以记者身份出镜，实地采访徐凤翔在西藏的高山密林中工作的动人情景。摄制组从成都出发，长途跋涉5000多公里，到西藏的波密和拉萨，拍摄对徐凤翔进行采访的场面。摄制组的拍摄过程是相当艰苦的。尽管摄制组的装备和给养十分充足，但险情仍时有发生：最早出现高原缺氧反应的是随队医生小高，摄制组的车队刚过雀儿山就倒下了，留在距离西藏不到30公里的德格县医院；摄制组的车队过德姆拉山顶时，遇到大雪封山，在大雪中滞留了两天一夜；导演蒋晓松多次发生心绞痛，离不开治心脏病的药……

当时，黄宗英没有提到自己，其实她也有病在身，但以顽强的毅力坚持下来，甚至还担负了执行导演的重任。经过一番艰苦的努力，电视片《小木屋》终于如愿问世了。

我与祝相峰将采访黄宗英的内容，写成一篇特写，在1984

年9月20日的《今晚报》上发表。这篇特写发表不久,电视片《小木屋》就在中央电视台播映,又在全国各地引起很大的反响……

四

后来,我常常发问:黄宗英的学历并不高,没有受过正式科班教育,但她从事电影事业卓有建树,从事文学事业更是卓有建树,这是为什么?究其根源,就是她毕生都非常热爱学习,求知欲很强,永远对知识充满好奇,因而总是在不断地读书,不断地钻研,并不断地付诸实践。

晚年的黄宗英

随着岁月的更迭,我又了解到,黄宗英进入八九十岁高龄之后,依然保持着热爱学习的习惯。她每天仍坚持读书,坚持写文章。令人钦佩的是,她还坚持每天在函授大学学习英语,背诵英语单词,阅读英语文章;同时,还抽出一定时间到北京中医药大学教室里听课,学习中药学方面的知识,并获得证书。

这就是"活到老,学到老"啊!

如今,在人们的心目中,黄宗英是永远值得钦佩的,值得赞叹的。

茹志鹃:"意识"清晰再去做

一

1983 年 5 月,我在上海愚园路上的一处住所采访了著名作家茹志鹃。

茹志鹃

茹志鹃 1925 年 9 月生在上海,自幼家境贫寒。1943 年,她年仅 18 岁就参加了革命,在苏中公学学习一段时间后,一直在部队文工团工作。1955 年,她回到上海在《文艺月报》干编辑,从 1960 年开始从事专业文学创作。她创作了大量作品,尤以短篇小说见长,代表作为短篇小说集《百合花》《静静的产院》《高高的白杨树》等。其中,又以于 1958 年发表的短篇小说《百合花》影响最为深远。

《百合花》以解放战争为背景，讲述了这一大背景下的一个小故事。整个故事既没有曲折、离奇的情节，也没有惊心动魄的冲突，以一条布满百合花的新棉被为连缀，通过委婉、细腻、柔美的描写，展现了通讯员与新媳妇之间纯洁、美好又微妙含蓄的情感，歌颂了人民子弟兵与老百姓的血肉关系，从而激起人们心灵的振荡。《百合花》跳出了那一时期英雄式人物的描写方式，给文坛带来一股清新的气息，一时引起轰动。

当时，著名作家、文学评论家和中国革命文学奠基人之一的茅盾，带着欣喜的心情，称赞《百合花》在艺术探索上具有突破性意义。他在《人民文学》1958 年第 6 期发表《谈最近的短篇小说》的文章，认为这是"最近读过的几十个短篇中间使我最满意，也是最使我感动的"一篇，并做出这样的结论："《百合花》可以说是在结构上最细致、严密同时也是最富有节奏感的。它的人物描写也有特点，是由淡而浓，好比一个人迎面而来，愈近愈看得清，最后不但让我们看清了他的外形，也看到了他的内心。""这些细节描写，安排得这样自然巧妙，初看时不一定感觉它的分量，可是后来它就嵌在我们脑子里。"

后来，《百合花》被选入中学

《百合花》书影

年轻时的茹志鹃

语文课本;再到后来,《百合花》又被改编成电影。

当年,我采访茹志鹃时,她的老伴——上海人民艺术剧院著名导演王啸平也在场。王啸平曾执导《霓虹灯下的哨兵》等一大批剧目,以严谨、质朴而又极富情感的特色,赢得广大观众的喜爱。

茹志鹃的女儿王安忆,则是一位当代著名作家,现任中国作协副主席、上海市作协主席。王安忆从1976年开始发表处女作,随后又创作了大量作品,有的获得全国优秀中篇小说奖、全国优秀短篇小说奖。她创作的长篇小说《长恨歌》,又获得中国最高荣誉文学奖"茅盾文学奖",不仅被拍成电影,而且被拍成电视剧,在社会上引起强烈的反响。

茹志鹃的家庭,堪称"文艺之家"。

二

我对茹志鹃的采访是以《天津青年报》记者身份进行的,主要话题自然离不开青年文学爱好者。

那个年代,青年文学爱好者很多,但在他们中间却存在一个比较普遍的问题,就是觉得自己生活很丰富,但一拿起笔来,却什么也写不出来了。

有了生活为何写不出作品?

在采访中,茹志鹃就这个问题畅谈了自己的看法。她说,生活固然是重要的,但并不等于有了生活就能创作。工人有生活,农民有生活,士兵有生活,但他们中很多人却不能成为作者。生活是一个"哑巴",它不会直接告诉你写什么。

她又说,生活只能为我们提供一个基础,具体写什么东西,需要作者挖掘、提炼和加工——也就是创作。有的时候,我下去体验生活的时间很长,却不一定能写出一篇作品。然而,一旦当我从这段生活中领悟到一些道理,就能在这道理的触动下,拿起笔来写出作品。从生活中领悟不到道理,只是写人们共见的东西,那不是文学作品。作者的个性,在于从生活中领悟道理。

她还说,要能够从生活中不断领悟道理,必须不断提高作者的思想水平、分析能力,也就是认识生活的能力。

茹志鹃还告诉我,她在两个月前曾前往云南省个旧市、昆明市,就这个问题向青年文学爱好者介绍自己的创作体会,不仅当地青年文学爱好者踊跃参加,还有黑龙江、内蒙古、新疆和其他一些地方的青年文学爱好者不惜自费赶来参加。青年文学爱好者听后纷纷反映受益匪浅,这让她很感动,也很欣慰。

茹志鹃在文学创作中取得这般显著成就,无一不是在这一清晰的"意识"下进行的,而唯有"意识"的清晰才能够真正地做好。

搞文学创作如此,干其他工作又何尝不是如此!

　　我当年采访茹志鹃时,她已经 58 岁,身体不是太好,但仍在勤奋写作。每天早晨,她 6 时起床,吃过早饭就开始写作;下午,她有时写作,有时处理其他事情;晚上,她还要进行写作,到 11 时以后才入睡。

　　由此,她依然不断有新作问世……

　　1998 年 10 月 7 日,茹志鹃溘然长逝,但她在文学方面留给人们的百合花般芬芳,却久久不会散去……

韩非:唯有"较真"才成事

一

　　1984 年 5 月,我与《今晚报》记者祝相峰在杭州采访了著名表演艺术家、喜剧大师韩非。

　　在我的青少年时代,以演喜剧影片著称的韩非,名气就已经很大了。我清晰地记得,在我上中小学时,不止一遍看过他主演的 3 部喜剧影片:一部是《乔老爷上轿》,他饰演被称为"乔老爷"的秀才——乔溪,通过"乔老爷"与权贵智斗的经历,尽情表现了"刚直不阿"的品格,感动着我们从小要"树立正义感";一部是《锦上添花》,他饰演到山村小火车站

韩非

锻炼的青年段志高,通过段志高经常闯小祸却又恰逢好事的经历,尽情表现了"人与人之间要互相帮助"的美德,感召着我们从小就要"乐于助人";一部是《魔术师的奇遇》,这是当时非常少见的立体宽银幕影片,他饰演魔术师的儿子陆志诚,通过陆志诚费尽周折与父亲团圆的经历,尽情表现了"新社会让离散家庭不再离散"的风尚,感染着我们从小就要"热爱这个充满温情的社会"。

韩非(左)在影片《锦上添花》中饰演角色

那时候,我还看过韩非出演的其他影片,让我至今记忆犹新的有《林则徐》《聂耳》《女理发师》《阿诗玛》……

到了后来,我才知道韩非于1919年3月生在北京,早在1941年,他刚22岁时就步入影坛,参加了一些影片的拍摄。1949年,他赴香港参加影片的拍摄,在《误佳期》《一板之隔》《中秋月》中饰演角色——这3部喜剧影片,均为韩非喜剧影片的代表作,被当时香港评论家誉为"世界喜剧电影的精品"。

1952年,他回到上海,一直在上海电影制片厂工作,又相继参加多部影片的拍摄……

二

他的一生,先后主演和参演四十余部影片,可谓硕果累累。在这些影片中,他饰演各种类型的人物:有正面人物,也有反面人物;有地位高人物,也有普通人物;有知识界人物,也有体力劳动者……他塑造的这些人物,特别是喜剧人物,无不性格鲜明,各有其貌,具有自己鲜明的独特风格。

他认为,塑造喜剧人物与塑造其他人物一样,必须从人物的性格出发,必须从生活中寻找。所以,他一直主张多接触生活,接触各种各样的人。

他说:"干咱们这一行就是演人,不了解人那怎么行? 生活中的各种人物,如工人、农民、解放军、知识分子身上,都有喜剧因素,不是一个模子铸出来的。每个人的意识、个性、文化水平、生活习惯、道德品质各不相同,只要留心观察、琢磨和体验,就不难找到喜剧的源泉。"

他反复强调:"演喜剧离不开夸张,但夸张是从生活中来。"

韩非是这样说的,更是这样做的。他总是多方面、多层次地体验生活,主动地

韩非主演的电影《乔老爷上轿》

接触各种类型的人,从而为扮好各种角色打下坚实的基础。他塑造的一系列喜剧人物,那适度的夸张、风趣的动作、幽默的语言和真挚的感情,总能引起观众一串串笑声,并在笑声中得到一定的感悟。他被誉为"别具一格的喜剧大师"。

《锦上添花》电影海报

大凡做事,唯有"较真"才能把事做成。韩非就是一个做事十分"较真"的人,而他"较真"地到生活中去,与各种类型的人进行接触,正是他取得成功的一个重要原因!

三

1984 年 5 月,我与祝相峰采访韩非时,他正在杭州西湖紧张地投入影片《东方大魔王》拍摄之中。只见,在碧波荡漾的西湖,一叶扁舟靠向绿树掩映的小瀛洲。少顷,一位银须鹤发、身穿长袍的老者,信步登上岸来,喟然赞道:"真是人间天堂!"这时,摄影机的镜头对着他"刷刷"地拍起来。四周的游人纷纷围拢过来,不知是谁大喊一声:"那不是韩非吗?"果然,我们夹在人群中,也一眼认出他正是影片中饰演"东方大魔王"张若松的韩非。

在拍摄的间隙,我们在桂花厅旅馆采访了当年已经65岁的韩非。

"您为什么要演'东方大魔王?'"

"噢,是这样。"韩非慢条斯理地介绍,"我在1981年扮演影片《子夜》中的冯云卿,随后就到香港探亲去了。这是我探亲回来后,参加拍摄的第一部影片。当我读完影片的文学剧本,立刻就产生了喜爱之情。影片的主角是赫赫有名的被称为'东方大魔王'的魔术师张若松,他用精湛的民族魔术斗败了西洋魔术,为中华民族争了光。所以,我就很高兴地担任了这一角色。"

在交谈中,我们得知韩非身体不太好,患有支气管扩张、冠心病,前几年还患过半身不遂,就问:"您的身体吃得消吗?"

"没问题。"韩非又谈起来,"拍电影是一件很辛苦的工作,我在这方面有很深的体会。我们拍这部电影,就经常3点钟起床化妆,4点钟出发,一直到日落西山才返回。由于我是老演员了,有一些经验,所以能从容地应对,从来没耽搁工作。"

让我们意想不到的是,在我们采访韩非的转年——1985年1月4日,这位卓有才华的喜剧大师,因心脏病复发不幸逝世,享年66岁。他虽然已经离去了,但在银幕上塑造的那些栩栩如生的人物形象,却深深地留在人们的记忆之中……

严顺开：笑声应给人以深思

一

　　1984年5月，我与《今晚报》记者祝相峰在广州珠江电影制片厂，采访了著名表演艺术家、喜剧大师严顺开。

严顺开

　　严顺开于1937年6月出生在上海市，毕业于中央戏剧学院表演系，于1963年毕业后到上海滑稽剧团工作。

　　提起严顺开，人们自然就会想起他在1981年主演影片《阿Q正传》中的形象：眯成缝的小眼睛，滑稽的瓜皮帽，邋遢的胡须，打着补丁的破烂衣服……这部由鲁迅先生名著改编的影片，以浙江农村为背景，通过贫穷、落后、愚昧的农民阿

Q 的一生,揭示了当时农民在地主阶级压迫之下生活上走投无路、精神上遭受严重摧残的情景。在影片中,严顺开以"拿捏得恰到好处"的演技,生动而逼真地再现了阿 Q 的形象,而由此也就有了"阿 Q"的绰号。

主演影片《阿 Q 正传》,这是当时已 40 多岁的严顺开首次登上银幕,但马上就"一炮打响"了。这部影片引起强烈反响,受到广泛好评,也让严顺开获得第 6 届大众电影百花奖最佳男演员奖。随后,他又凭借这部影片获得瑞士第 2 届韦维国际喜剧电影节"卓别林金拐杖奖",也是中国唯一获得这一奖项的演员。这个国际喜剧电影节,是为纪念享誉世界喜剧大师卓别林创办的,严顺开曾亲临瑞士,受卓别林夫人和小女儿的邀请,到她们的家里访问,并一起合影留念。

提起严顺开,人们自然还会想起他在 1983 年央视春晚小品《阿 Q 的独白》中的表演。当时,他让全场爆笑,但那不是话剧,也不是相声,而是被定义为"小品"。他是第一位将小品这一表演形式,带到央视春晚的人,比笑星赵本山早了 7 年。

二

1984 年 5 月,我与祝相峰采访严顺开时,由他主演的影片《阿混新传》正在紧张地拍摄之中。

我们采访的话题,从影片《阿 Q 正传》开始,又到小品《阿 Q 的独白》,最后再到影片《阿混新传》。

严顺开介绍,他曾在滑稽戏《阿混新传》中饰演"阿混"杜小

严顺开在电影《阿Q正传》中

饰演阿Q

西,这部戏公演后,一时在上海引起轰动,于是又开始拍摄影片。他经过反复思考,感到主要原因是它的笑料来自生活,有所依据,既合情合理,又发人深思。"文革"后,"阿混"杜小西这样的人物随处可见。"混得怎么样""混得还不错吧"……这已成为人们的口头禅。"阿混"一度成为胸无大志、整天混饭吃的人的代名词。将这样的人物搬上舞台,加以喜剧化的夸张,结果人们笑了,笑得那么畅快,但笑过之后,却留下一连串的思考:素以勤劳著称的中华民族,何以产生不少"阿混"?十几年来,"阿混"为何又能舒舒服服地"混"过来?

严顺开谈道,他曾在报刊上看到参加讨论的"阿混"自述苦闷的文章,感到"阿混"也有自己的"苦恼"——他们毕竟是新时代的青年了,表面"混"得舒服,内心并不平静。对这样的人们,应使观众笑过之后,给予更大的同情和希望,向他们伸出热情的双手,帮助他们不要再"混"下去。

严顺开特意披露这样一个情节:"阿混"杜小西的爸爸杜孟雄被激怒了,对杜小西一顿痛骂,这时杜小西的苦闷像火山一样爆发了:"'文化大革命'中,你被关进牛棚,日子不好过,可我的日子就好过吗?当时我才8岁,上小学2年级,就是让我学会

'混'……如今十几年'混'过来了,又要我刹车,而且立即刹车,这符合牛顿的第一定律吗?"杜小西参加文化考核时,有一道题是解释又被称为"惯性定律"的"牛顿第一定律",因而他才蓦地想起这个"词儿"。拍这场戏时,摄制组人员倾听这一陈述,都抑制不住地被逗笑了,可大家笑得很难受,其中有人笑过之后,眼里却噙满晶莹的泪水……

严顺开认为,作为喜剧演员,不仅希望自己的表演博得观众的笑声,更希望笑过之后,能让观众沾上一点眼泪,留下值得回味的东西——进一步讲,笑声应给人以"深思"。

这是什么"深思"呢?就是让人们切实受到精神上的启迪,得到精神上的受益,取得精神上的进步……用当今常说的话,就是要给人们"正能量"。

《阿混新传》上映后,无疑也得到好评,从而获得第五届中国电影金鸡奖特别奖。

继1984年主演影片《阿混新传》之后,严顺开又主演、参演、导演了一系列影片和电视剧,并多次在央视春晚表演小品,在喜剧艺术上自成一派,形成独特的风格。有人曾这样开玩笑:"严顺开就是上海的一张文化名片,尽管姚明和刘翔后来居上,但姚明的高度太高,一般人高攀不上;刘翔的速度又太快,一般人也追不上,还是严顺开比较亲近。"

严顺开患有高血压,2009年在大连拍完电视剧《我的丑爹》后,一回上海就脑梗中风,虽经抢救脱离风险,但从此卧床不起。

2017年10月16日,严顺开去世,享年80岁。他已离去了,但他塑造的一系列艺术形象却永远留在人们的心中……

以吃苦为乐

　　吃苦，就是不怕苦，能够承受苦。一个人选择了吃苦，就是选择了收获。受苦是不好受的，是受折磨的。然而，吃苦却让人们干出一番事业，甚至干出一番大事业，从而一步步走向成功。这就是苦中有乐。

李可染:做一个"苦学派"

一

  1986 年 11 月,我在北京采访了著名画家、一代宗师李可染,至今每每回忆起来,仍觉受益匪浅……

  李可染出生于 1907 年,江苏徐州人。他 13 岁师从乡贤钱食芝学习传统中国山水画,16 岁进入上海美术专科学校学习。1929 年,他以优异成绩考入杭州西湖国立艺术院,并被破格录取为研究生,师从大师林风眠、法国名画家克罗多,专攻素描和油画。1946 年,他应大师徐悲鸿的邀请,到北平国立艺专任教授,同时师从大师齐白石、黄宾虹,潜心于中国画教学、研究和创作。

  新中国成立后,他在中央美院任教授,从 1954 年起就以

李可染

1954年，李可染在黄山写生

"可贵者胆，所要者魂"为座右铭，致力于中国画的革新，常年深入生活，到大江南北写生，完成了一批中国山水画，让古老的中国山水画出现新的勃勃生机。20世纪60年代初期，他的绘画艺术进入成熟期，达到充分抒发情感、表达理念的境界。进入20世纪70年代，他的艺术创作进入更理想的时期，达到"神韵"十足的更高境界。他创作了大量具有时代精神和强烈艺术个性的中国山水画，促进了中华民族传统绘画的升华，在国内外产生了深远的影响。

李可染所创作的中国山水画，也实现了他心中"为祖国山河立传"的夙愿："在山水画中描绘的山山水水、一草一木，其主要思想在于歌颂祖国、美化祖国，把热爱祖国的感情感染给广大人民！"

1979年，他被任命为中国画研究院院长。

1986年5月，"李可染中国画展"在北京中国美术馆举行，这是他近70年艺术生涯最后一次展览，展出202件作品，代表作有《漓江胜境图》《万山红遍》《井冈山》《江山无尽图》等，还有《李可染水墨写生画集》《李可染中国画集》《李可染画牛》等。这个展览在社会上引起强烈反响，每天的参观者川流不息。

他创作的一幅《万山红遍》，2015 年从 5800 万元起拍，经多位买家数十轮竞夺，最终以 1.84 亿元成交。这足以反映他的作品所彰显的无穷魅力，所产生的巨大影响。

二

李可染为何取得这般了不起的成就？

他在 1986 年 5 月的"李可染中国画展"的前言中，对自己做出了这样的总结："我是一个苦学派。"

他曾讲过一段刻骨铭心的经历：1947 年春，经徐悲鸿介绍，他登门拜访齐白石。刚一见面，他就拿出 20 件作品，向齐白石求教。齐白石的作风是认画不认人，来了客人从不先问姓名。齐白石将他的画铺到条案上，不看他只看画，先是坐着看，只看一会儿就站起来，全部看完后对他说："谁是李可染？你就是李可染吧，你的画才是真正的大写意。"这是齐白石对他的最大鼓励，让他感到分外"幸福"。

此后，他为齐白石研墨铺纸并学习画艺达十年之久。在短短的交流中，在默默的静观中，使他大受裨益……

齐白石特意对他讲，自己的一辈子只有两次十天没有作画：一次是得了一场大病，躺在床上不能起来；一次是母亲去世，悲伤过度而不能动笔。齐白石还对他说，天道酬勤，要相信大自然的规律是有益于勤劳人的。齐白石一生都力求"不让一日闲过"，到 90 多岁还在作画。

李可染在齐白石的感染下，总是特别勤奋，总是专心致志，

173

总是珍惜点滴时间,从而以苦为乐,做一个"苦学派"……有一年,他在一家杂志社预支 100 元稿费,一边行走,一边写生,几乎把所有白天的时间都用于行走和写生,几个月过去,这 100 元竟没有花完。他的脚有些畸形,穿的鞋子需要特殊加工,行走对他是件痛苦的事。可是,他硬是穿着这特殊加工的鞋子走了几个月,鞋子磨破了好几双,后来连衣服也破烂不堪了。他回到家里,就像乞丐一样。

三

1986 年 11 月,我对李可染的采访是在他的家里进行的,他刚刚吃过早餐,夫人邵佩珠在一旁陪伴。采访进行了整整一上午,在谈完中国画以后,又进入了"健身"的话题……

当年,李可染已经 79 岁了。以往,他的身体并不算好,39 岁患了高血压,64 岁患了心脏病,可是这些疾病得到了控制,他成为一个长寿老人。他的头发已经染上灰白色,鼻梁上花镜里藏着一双深邃的大眼睛,神态十分安详,令人感到他对生活充满了信心。

促使他得以长寿的因素,一是长年坚持作画写字,二是长年坚持打太极拳,三是晚年坚持练气功。

李可染长年坚持作画写字,而书画和气功是相通的,往往起到与练气功一样的奇妙效果。

他绘声绘色地进行了这样的表述:"练气功要求排除其他的杂念,把意念集中到一点上来,渐渐达到'入静'的境界,从而调节身体的器官,促进身体的健康。当写字作画的时候,意念也非常单纯,大脑完全被画面、字体所占据,再也不想其他的事情,这和气功的'入静'是一样的,是一种'书画气功',对身体有很多的好处。"

他断然做出这样的结论:"作画写字是一种劳动,但和其他行业的劳动相比,是一种很舒服的劳动,是一种可健身的劳动。"

他一生与笔墨结缘,从未离开过条案。每当他在条案前尽兴地作画写字时,思想立刻"专一"起来,眼前只有壮观的画面、遒劲的字体……有的时候,他在不知不觉之中,隐隐约约地感到一股"气流"在体内"窜动",浑身真是舒服极了!

李可染长年坚持打太极拳,而太极拳是让精神放松和强身健体的最好运动之一。

他从中年开始,为了锻炼身体,就开始打太极拳。一年四季,他几乎每天都早早起床,躲在安静的地方打太极拳。作为一名画家,他经常外出写生,一走就是几个月。杭州西湖、苏州园林、从化温泉、厦门鼓浪屿、长江三峡以及泰山、黄山、华山、庐山、峨眉山、九华山……都留下了他的足迹。不论走到哪里,他都坚持在下榻旅店附近打太极拳。在以后的日子里,除了"文革"中因特殊原因暂停一年多以外,基本上做到了天天打太极拳。"太极日月走"——这一诗句对他来说是再适合不过了。

李可染晚年坚持练气功,而气功作为一种特殊的自我锻炼方法,能够通过主动性地自我调节,达到增强人体各项生理功能的目的。

他一生结交甚广,其中不乏赫赫有名的气功师。在一位气

李可染在作画

功师主动指导下,他又在晚年练起气功。每天清晨,他都早早地从家里出来,选择一个安静的角落,首先打一套太极拳,随后练一种动静结合的"六字诀"气功操。他默默地站在原地,两脚分开,脚尖向里抠,两臂自然放在两边,眼帘轻轻下垂,而随着各种动作的不断变化,意念也相应变化,依次想着身体的某些部位……练罢气功操,他继续在外面溜达一会儿,才返回家中。

在午休和晚上入睡之前,他又两度练起一种内养静功:仰面躺在床上,浑身放松,一边轻轻地、匀称地呼吸,一边将意念集中脐下的丹田……每一次大约练半个钟头。

他练气功的历史很短,可是"气"感却十分明显。不论是早晨练气功,还是中午和晚上练气功,他都能很快达到"入静"的状态,脑子里朦朦胧胧,飘飘欲仙,一阵阵地忘记了自己的存在,一股"气流"沿着"经络"移动,有时肚子里还发出肠胃蠕动的声音……此时此刻的身体,有着一种妙不可言的美滋滋感觉。

同李可染一起练气功的不少老人,尽管练得十分认真和坚持得十分持久,却始终产生不了"气"感,只能起到活动身体的作用。究其原因,主要是在晚年才开始练气功——起步太晚了。而李可染成为"一枝独秀",是由于他长年作画写字,有着"书画气功"的基础,自然也就有着练气功的基础了。

名家的生活是很难轻松、很难安宁的,李可染也不例外。我在当年采访他时,他依然过着忙碌的生活:每天为一些单位和个人作画写字,有着"还不完的账";每天收到许多来信,看信和回信占去不少精力;不断接待来自国内各地和国外的一批批客人,时常应接不暇……他怀着一种责任感,总是尽量做好这些力所能及的工作。

对李可染的采访结束后,我很快以《他充满了美滋滋感觉》为题写出一篇文章,介绍他在"健身"方面的做法,发表于1986年11月27日《今晚报》体育版。这篇文章后来还被其他报刊转载。

1989年12月5日,李可染去世,享年83岁。如今,在他的家乡徐州建立了"李可染纪念馆",展示着他一生所取得的显赫艺术成果。

一代宗师离去了,而一代宗师留下的艺术成果是永恒的。

谢晋:"少睡觉,多工作"

一

1997 年 7 月 1 日,这是具有重大历史意义的日子——中国政府恢复对香港行使主权,香港回到祖国的怀抱!

谢晋

为了纪念香港的回归,由著名电影艺术家谢晋导演的大型历史战争片《鸦片战争》问世了。这部影片正视并反思我国近代第一次鸦片战争的屈辱历史,不是让人们陷入悲伤,而是要在现实中得到警醒:牢记"落后就要挨打"的深刻教训,激发高昂的斗志,去为中华民族伟大复兴进行不懈的奋斗。

这部影片放映以后,人们争相观看,在全国各地产生了强烈的反响。就在这时候，今晚报社将谢晋和剧组成员请到天津，为这部影片举办座谈会，并安排与观众见面活动。当时，我有幸与谢晋进行了亲密的接触和深入的交流，有了颇多的收获，至今让我难以忘怀。

我对谢晋仰慕已久。

谢晋于1923年11月出生在浙江上虞，毕业于南京国立戏剧专科学校导演系，于1950年开始执导生涯。

他导演的影片太多了，其中很多都是给人们留下深刻印象的"经典之作"。上中学时，我曾看过他导演的《女篮五号》《红色娘子军》《大李老李和小李》《舞台姐妹》等；改革开放以后，我参加工作了，又看过他导演的《啊！摇篮》《牧马人》《秋瑾》《高山下的花环》《芙蓉镇》……他多次获得中国电影金鸡奖、大众电影百花奖和国际电影节奖项，并获得中国电影金鸡奖终身成就奖。

这次他导演的《鸦片战争》又获得国内外一系列电影大奖。

二

谢晋在天津期间，我们知道他与著名作家、学者冯骥才交情笃深，就在一天晚上将他俩聚在一起共同进餐，并畅叙友情……

那年，谢晋已经74岁了，让我十分惊讶的是，他的酒量很好。席间，我陪他一杯一杯地喝，不知喝了多少酒，都喝得面红耳赤，但他依然谈笑风生……

在与谢晋的交谈中，我得到一个重要的收获，就是了解到他

谢芳(后排左一)、上官云珠(后排左二)1964年在嵊县(现嵊州市)
拍摄《舞台姐妹》时,在越剧之家留影

在电影事业中取得这般杰出的成就,其根由就是他感慨地说出的一句话:"少睡觉,多工作。"

他是一个工作起来不知疲倦的人。平日,他所承担的导演工作是相当辛苦的:白天,指挥一班人马,精神高度紧张,既费力又劳神;晚上,拖着疲惫的身体,仍要继续工作,不是干这件事情,就是干那件事情,直至过了午夜才去睡。黎明时刻到了,他又匆匆起床、洗漱、吃早饭,然后又聚精会神地投入紧张工作之中……

有一次,在人烟稀少的崇山峻岭拍摄外景时,他总是显得精神十分兴奋,表现出来的耐力甚至强于一般年轻人。清晨,鸡鸣声打破山村的沉积,他已经踏着山间小径去寻觅外景了。经过将近一天的跋涉,黄昏快要来临了,一些年轻人累得筋疲力尽,不愿再向前走,打算凑合着选一个外景应付一下。

金鸡百花电影节——成龙为谢晋颁奖

"小伙子,再往前走几步,那里可能有咱们需要的外景!"谢晋一边给年轻人鼓励,一边迈开大步走在前头。

"是!"年轻人被他在艺术上孜孜以求的精神所感动,大步流星地跟上去。

果然,一处理想的外景地终于被选中了。

谢晋带领摄制组赴日本拍摄《秋瑾》有关镜头,曾经闹了一段笑话。

当时,为了缩短在日本逗留时间,给国家节约珍贵的外汇,他和大家不分黑天白夜地拼命工作。一天,在摄影棚里拍戏,他指挥大家分秒必争抢拍镜头,一连站了几个小时。

"谢先生,是不是休息一下?"在场的日方制片主任小心翼翼地说。

经过提醒,他抬起手腕看一看手表,才知道已经站了很久。他又环视了一下四周,只见一个个工作人员直愣愣地站立着,面容都露出了倦意。

他马上会意地做出手势,让大家都坐下。这时候,有的工作人员坐到了椅子上,有的工作人员慢慢溜达起来。

事后,日方制片主任告诉谢晋:在日本,如果导演不坐下来休息,演员和其他工作人员就不敢擅自休息。

他听了顿时醒悟到:由于自己疏忽,让大家"罚站"几小时,于是他深深表示了歉意。

其实,大家都知道,"少睡觉,多工作"是他的一贯作风,所以从来也不埋怨,而且心甘情愿地跟着他去干。

2008年10月18日,谢晋以85岁高龄走完人生的路程——这是事业上卓有建树的路程,是让人们充满钦佩之情的路程。

1964年,著名导演谢晋(二排左七)与《舞台姐妹》摄影组和

嵊县越剧团演员在一起

姚雪垠:半夜写作 清晨跑步

一

1985 年 1 月初,我与《今晚报》记者常新望前往北京,采访了著名作家姚雪垠。

姚雪垠家住北京复外大街的一栋高层公寓里,我们在他家的书房,与他进行了长谈……

当年,他参加法国"玫瑰节"世界作家大会归来不久,心情一直很好。法国"玫瑰节"世界作家大会每年举行一次,邀请来自五大洲不同国度的作家参加,他是被首次邀请的中国作家——这是因为他在 20 世纪 40 年代创作的长篇小说《长夜》被译成法文在法国发行,受到广泛欢迎。法国马赛市市长德菲尔还授予他一枚"马赛市勋章",这勋章通常只授予来访

姚雪垠

的各国元首和世界文化名人，而这次与会的 70 多位作家中，只有他得到了这一礼遇。

姚雪垠于 1910 年 10 月出生在河南邓州，于 1929 年考入河南大学法学院，1931 年因参加学运被开除，此后刻苦自学，开始文学创作生涯，先后在北京、开封、武汉、重庆、上海等地从事教育和文学创作。1953 年迁居武汉成为专业作家，晚年又到北京从事长篇历史小说《李自成》的创作。

他一生创作的作品实在太多了！

然而，当时社会上对他更为关注的是，他正在紧张地创作长篇历史小说《李自成》。

《李自成》共有 5 卷，从 1957 年 10 月动笔，历经 42 年才完成。这部长篇历史小说，以明末农民起义军领袖李自成、明末皇帝崇祯为中心，塑造了一系列形象鲜明的历史人物，揭示了我国封建社会阶级斗争和农民革命战争的规律，其情节之曲折、规模之壮阔、气势之磅礴，堪称农民革命战争的浩大历史画卷，填补了五四运动以来长篇历史小说的空白。

姚雪垠创作的长篇小说
《李自成》封面

《李自成》第一卷于 1965 年出版，初版的 30 万册被抢购一空，很快在广大读者中引起热烈反响。

　　姚雪垠正在创作《李自成》第二卷时,"文化大革命"开始了,有人将其说成是"反党反社会主义大毒草",要将他一棍子打死。就在这时候,毛主席做出重要批示,要"对他严加保护,让他把书写完"。

　　他继续埋头创作《李自成》第二卷时,后来又受到把持文坛的"四人帮"严重干扰。毛主席又做出重要批示,"同意他写李自成二卷、三卷至五卷",表明了对他的支持,又让他全身心地投入到创作之中。

　　1976 年,《李自成》第二卷几经周折与广大读者见面,成为文坛十分引人瞩目的事件,产生了广泛的影响。

二

　　我们于 1985 年 1 月初采访姚雪垠时,他正拿出全部的精力,紧张地进行《李自成》后几卷的创作……

　　令我至今难以忘怀的是,为了保证完成这一创作任务,他采取了"半夜起床工作,清晨外出跑步"的工作方式。

　　每天午夜 2 时半,他就起床开始写作;至清晨 5 时半,他就走出

臧克家夫妇与老友姚雪垠(左)合影

家门,沿着复外大街进行长跑。此刻,离上班时间还早,复外大街的车辆、行人稀稀疏疏,显得分外宁静,他在大街旁边的一排排高大树木下,甩开双腿不停地向西边的方向跑去……他一口气跑到玉渊潭公园,并不去欣赏那里的景色,立刻又顺着原来的路线跑回来。

回到家中,他的身体冒着热气,于是马上脱掉上衣,用湿毛巾将上身一遍遍擦洗干净。然后,他吃罢早点,紧接着又开始了写作……

在"春暖花开"的春天,在"秋高气爽"的秋天,他自然能够坚持跑步;而到了难熬的盛夏和严冬,他也不会停止跑步。

江晓天(右)与姚雪垠夫妇

三伏天的清晨,太阳早早升起,撒下灼热的光芒,他在大街上刚跑几步就大汗淋淋,待到跑完全程,浑身的汗水浸透了短裤和背心;三九天的清晨,夜色笼罩大地,干冷的天气冻得星星直眨眼,他照例在大街上跑步,身体不仅没有寒意,还渗出细密的汗珠。

姚雪垠的长跑,让他工作起来始终精神饱满,不见一丝倦意。他的年轻助手于汝杰深有感触地说:"姚老这么大岁数了,还有着过人的精力,真是世上少见!"

由此,姚雪垠在1999年4月以89岁高龄辞世之际,终于完成了《李自成》5卷这一巨著的创作,这是文坛的一个奇迹!

梁斌：想起来吃饭，两顿饭都过去了

一

我与著名作家梁斌多有接触，但给我留下非常深刻印象的一次采访，是于1985年初进行的。

梁斌的夫人散帼英曾先后担任天津日报社资料室主任、办公室主任，是我的同事，更是我十分敬重的老同志。当年，经散帼英向梁斌定下时间，我马上前往他的家中，同他进行了长时间的交谈……

提起梁斌，人们都会想到他的经典著作——长篇小说《红旗谱》。这部长篇小说通过冀中平原朱、严两家三代农民与冯家两代地主半个世纪的尖

梁斌

锐斗争,塑造了以朱老忠为代表的一批农民英雄形象,热情讴歌了中国农民在共产党领导下所进行的艰苦卓绝、不屈不挠的斗争,史诗般地描绘了一幅中国农村革命运动的壮丽画面。《红旗谱》于 1958 年一经出版,立刻好评如潮,震动了中国文坛。

文学著作《红旗谱》

茅盾先生做出这般评价:"《红旗谱》是里程碑式的作品。"

郭沫若先生为《红旗谱》题词:"红旗高举乾坤赤,别开生面宇宙新。"同时,又为《红旗谱》再版题写书名。

《红旗谱》被搬上了舞台:1959 年河北省话剧院将《红旗谱》改编成话剧;1960 年,承德市京剧团将《红旗谱》改编成京剧;1960 年,中国评剧院将《红旗谱》改编成评剧。

《红旗谱》被搬上了银幕:1960 年,北京电影制片厂与天津电影制片厂联合将《红旗谱》拍成电影,人们争相观看,赢得一片赞扬声。

几十年过后,《红旗谱》又被搬上了荧屏:2004年,中央电视台、中视传媒公司和天津电视台将《红旗谱》拍成28集电视剧,在中央电视台一套黄金时间播出后,社会反响热烈,受到广大观众交口称赞。

二

梁斌为写《红旗谱》付出了常人难以想象、也难以做到的努力。

他于1914年出生在河北蠡县梁庄,很早就参加爱国学潮和革命斗争。在冀中艰苦卓绝的抗战中,在日寇残酷的"五一"大扫荡中,他三上太行山,五下白洋淀,七过枪林弹雨的封锁线,屡经命悬一线的险境。解放战争时期,他又随军南下,参加和领导剿匪反霸、减租减息和土地改革,为当地新生政权的建立做出了贡献。

新中国成立后,他毅然辞去领导职务,专业从事《红旗谱》的创作。他说,从早年参加革命至今,多少革命的仁人志士、战友、同学都为人民的革命事业牺牲了,我能够活下来已经是有幸了。能够做官的人很多,我要用我的笔把那些在党的领导下为了人民的解放事业流血牺牲的英勇事迹写下来,留给青年一代,让他们永远不要忘记!

他还义无反顾地表示,如果写不出这部书,我就"无颜见江东父老"。

从此,他开始了艰巨的创作历程。他奔赴河北省高阳、蠡县等地,走村串户访问当年参加革命的老同志,充实自己的生活,进一步丰富创作的素材。从1953年起,他正式动笔写《红旗谱》。当时,他全身心地进行创作,每天伏案疾书十几个小时。他曾经这样自述:"我的创作欲,灵感升到高潮,欲罢不能,黎明起床,略做洗漱,即开始写作。早餐时间已到,我还没有写完一个段落,当我写完一个段落,饭时已过。午餐晚餐无不如此,有时写着写着,想起我还未吃饭,其实两顿饭已经过去了……"

1951年梁斌与夫人散国英

1957年,《红旗谱》出版了,他的身体也累垮了。

他患了严重的神经衰弱症,经常整夜不能入睡,被折磨得面容憔悴,记忆力也严重衰退。有时候,他在家里刚刚放下一件东西,就记不住放在什么地方,费了好长时间,才又重新找回来;有时候,他乘上汽车,忽然忘记了下车地点……在茫茫然之中,他只好住院治疗,先在北京友谊医院住院两年,后又在天津一家医院住院一年。经过治疗,他的病情大见好转,体质也有所恢复。

出院以后,梁斌一直进行反思。他知道,唐代著名诗人刘禹锡有"三折乃良医"的名句,说是胳膊断了3次就能成为一名良医,意在告诫人们"吃一堑,长一智"。他领悟到,今后不要再打"疲劳战",要"有张有弛",在紧张工作中适当注意休息和努力锻炼身体,才能为党和人民工作更长时间。

从这时起,他成为体育锻炼的积极分子,在吃尽"苦头"后终于尝到"甜头"——身体健康了,在创作上又结出累累硕果。

他在1963年,出版了《红旗谱》系列第2部长篇小说《播火记》;他在1983年,出版了《红旗谱》系列第三部长篇小说《烽烟图》。被誉作"红色经典三部曲"的《红旗谱》《播火记》和《烽烟图》,是梁斌一生对革命追求和对文学追求的结晶。

三

我在1985年初采访梁斌时,正为《今晚报》体育版"名人与健身"栏目撰写专稿,因而让他着重介绍了通过体育锻炼进行健身的情况……

当年,我一见到他,实在想象不到他的身体曾被病魔折磨得不像样子。他已年逾七十,不高的身材微微有些发胖,圆圆的脸庞上胡楂子白了,头发也白了,活脱脱一副"古稀老翁"的尊容,但却非常健硕:一口牙齿,整齐排列,一颗也未脱落;各器官的功能,尚在正常"运转",都基本上没有什么毛病;精神状态蛮好,聊天、散步、写文章、阅读书报等,都显得精力充沛,很少露出倦意。

让我特别感叹的是,他每天依然抽出一定时间伏案写作,不仅撰写文艺评论、随笔等短文章,还撰写"大部头"的文学性甚强的自传,陆续在《新文学史料》上发表。在自传里,他以惊人的记忆力追溯着往事,通过逼真、细致的描写,将往昔的生活清清楚楚地再现出来。幼年时,他扎进妈妈的怀抱,眨着天真的眼睛,聚精会神地听故事;少年时,他和小伙伴聚集村边树荫下,嬉笑着玩耍;青年时,他怀着忧国忧民的抱负,把个人安危抛一边,毅然投身学生运动……这一幕幕难忘的情景,活灵活现地跃然纸上。

这一切都源于他按时参加体育锻炼。

他每天凌晨 5 时起床,从家中步行到复兴公园,同一队老人站成一个圆圈,一边缓缓地行走,一边弯腰、仰身、扬臂、甩手……练一套称为"永远健康"的健身操。

后来,他又在复兴公园加入练气功的行列,与一帮老人练一种"三十三式气功",每天练 40 分钟,默默地用大脑"意守"脐下的丹田,舞动手脚做出姿态各异的动作,"气"沿着身体内经络流动,浑身美滋滋的……

到了滴水成冰、寒风怒号的时节,他起床较晚,也不放过机会,就在屋里练这一套气功。

光阴荏苒。1996 年 6 月,梁斌与世长辞,享年 82 岁。他是一位卓有建树的作家,也是一位长寿老人啊!

张俊秀:练得血肉模糊也不叫苦

一

1982 年 12 月,我在北京的中国足球队驻地,采访了足坛名宿、新中国第一代足球门将张俊秀。

我上小学时,就在报纸上看过张俊秀鱼跃凌空扑球的精彩照片和漫画,其赫然入目的标题为《攻不破的万里长城》。那时候,他几乎是一个家喻户晓的人物。就是因为他在我国第一个掌握了鱼跃凌空扑球的技术,并以在国际比赛中的出色表现,获得"攻不破的万里长城"的美誉。

那是 1955 年,中国足球队

张俊秀

《攻不破的万里长城》报样

参加在华沙举办的世界青年联欢节,在与东道主波兰足球队的比赛中,最耀眼的人物就是张俊秀,面对占绝对优势波兰足球队接连不断的30多次射门,他多次化险为夷,奋力扑出一个个必进之球,让全场观众感到"简直不可思议",纷纷为他鼓掌。波兰足球队虽攻势凶猛,但中国足球队依靠顽强的防守反击,两度领先又两度被追平,比分为2:2。此刻,比赛结束时间已经到来,天色也有些黑了,但裁判员仍不吹终场哨声,直到波兰足球队打进一个明显的"越位球"才告结束。中国队虽以2:3失利,但张俊秀却获得另一种"胜利"。

第二天,波兰党报《华沙工人报》刊登了"张俊秀三头六臂"的漫画,并在评论中称他"具有闪电式反应",是"攻不破的万里长城"。

整个足球比赛结束后,评出了最佳阵容:后卫是罗马尼亚队、苏联队的队员,前卫、前锋是波兰队、匈牙利队的队员,守门员则是中国队的张俊秀。

二

我在当年采访张俊秀时,他时任中国足球队领队兼教练,肩上的担子很重。他是天津人,听说我从天津而来,顿时流露出来浓浓的乡情,不时用浓重的天津话与我交谈,让我倍感亲切。

他向我讲起自己的成长历程……

张俊秀于1934年1月出生于天津河东区大王庄的一个"信差"家庭。在他的青少年时代,天津先后被日本帝国主义和国民党所统治,劳动人民生活十分贫困,他家也不例外。他家的8个兄弟姐妹,全靠在邮局工作的父亲的微薄收入维持,经常吃豆饼、豆腐渣,如果吃上玉米面窝头,那就是不小的"改善"了。他的两个哥哥、一个姐姐都是在十三四岁时就进工厂当了童工。

那时的大王庄是一个"足球之乡"。每天,都有一群群工人子女聚集在这里的空洼地上踢足球。他的大哥参加了工厂的足球队,经常挤出工余时间踢足球,他就跟着去看。时间长了,他也

家和万事兴

喜欢上了足球,经常与几个小伙伴在空洼地上用砖头搭成"大门",蛮有兴致地踢起球来。他总是自告奋勇地守门,又逐渐养成了守门的爱好……

不久,由于父亲所在的邮局担负子女的学费,他就上了小学。就在这时,整天干活很累却连饭也吃不饱的大哥患了肺病,他家根本买不起治肺病的药,只好眼巴巴地看着大哥死去了。从此,他的父母再也不让他踢足球了。他知道,这不是父母不通情理,而是担心他也会遭到什么不幸。

于是,他就在放学后偷偷地去踢足球,并且总是去守门。有时被父母发现了,就狠狠地揍他一顿。可是到了第二天,他照样去踢。他已成为一个地地道道的"小球迷",不管夏天多热,也不管冬天多冷,每天放学后总要踢一阵子足球才回家。有时母亲好不容易给他买了一双新胶鞋,他穿上后很快就磨破了,又免不了挨一顿打。然而,他还是到球场上去守门……

新中国成立以后,他家的经济状况有了很大的好转,他先后在天津志达中学和广东中学学习,课余时间依然坚持踢足球。当时,天津最有名的足球队是"旧友队",他经人介绍经常在课余时间来到"旧友队",跟守门员学习守门。这种学习是没有人教的,全凭自己观察。他的模仿力和记忆力都很强,守门水平得到了一定的提高。

后来,他进了天津机械厂当工人,成为厂足球队的守门员,经常在比赛中有很好的表现,已在天津小有名气。1953年,他成为天津足球队守门员;同年8月,他又被选进中国足球队担任守门员,紧接着就随队赴匈牙利学习。

三

出发前,时任国家体委主任贺龙接见中国足球队并一再强调:学习回来后要成"家",不要成"匠",要使我国足球水平得到提高,努力为国争光。"家"是指既会动作又懂理论的运动员,"匠"是不懂理论的运动员。他听了贺龙的讲话,顿时一腔热血沸腾,暗暗发誓要尽快提高自己的水平,去为祖国争得荣誉。

当时,中国足球队水平很低,抵达匈牙利首都布达佩斯后,曾与由一些厨师和宾馆工作人员组成的足球队进行比赛,居然打成"平手"。作为守门员的张俊秀,根本不知道什么是鱼跃凌空扑球,在扑

赴匈牙利训练时张俊秀(左)
与朋友格罗斯基合影留念

球时总是肚子着地,而在匈牙利连十二三岁的小孩都会鱼跃凌空扑球。

担任中国足球队的教练员是尤瑟夫。在执教之前,匈牙利足协领导对尤瑟夫说:"我们小小的匈牙利能为中国培养运动员很荣幸,中国是一个伟大的国家,我们一定帮助中国把足球水平搞上去。"这一番话大大激发了尤瑟夫的责任感,他的大部分时间都与队员住在一起,对队员因材施教,严格训练,注意发挥每

一个队员的专长。每一个队员都在训练中十分认真、十分刻苦，这让尤瑟夫十分满意。尤瑟夫与"儿子辈"的队员结下深深的情谊。

尤瑟夫对张俊秀进行了重点的培养，张俊秀也没有辜负尤瑟夫的心意。他每天练习扑球落地至少 150 次，冬天在冰冷的泥水里练，夏天淌着浑身汗水练，膝盖总是血肉模糊，从不叫一声苦。这样练了 3 个多月，他突然做了一个梦，在梦中自己会腾空了。待到白天进行训练时，他果然能够鱼跃凌空扑球了！

半年之后，尤瑟夫对张俊秀说："我认为你已经是中国最好的守门员了，在亚洲也是领先的。"

中国足球队在匈牙利训练 1 年后回国，由一支不入流的球队一跃成为具有一定水平的球队。自中国足球队回国直到 1963 年，张俊秀一直担任守门员，并总有上佳的表现。

20 世纪 50 年代后期，中国足球队与实力强劲的欧洲一些国家足球队比赛，曾经战胜瑞典队、踢平苏联队。1959 年的建国 10 年大庆，我国第一次在刚建成的北京工人体育馆举办运动会，邀请匈牙利和苏联两支欧洲足球劲旅进行对抗赛，中国足球队以一胜一负的成绩名列第二名。在这两场比赛中，张俊秀面对对方的几十次射门，仅失 1 球，再现了"攻不破的万里长城"的风采。

这样的情景，我们至今都怀念！

饶有兴味的是，张俊秀还是新中国第一个出现在邮票上的体育运动员，邮票的图案是他那特别漂亮的鱼跃凌空扑球动作，曾经激励许许多多的青少年走上足球之路。

采访结束后，我将张俊秀的不平凡成长经历，以他的第一人称整理成一篇文章，题为《认准目标 棒打不回头》，发表在 1982 年 12 月 17 日《天津青年报》的"人生探索"版，产生了很好的反响。

我在 1982 年 12 月采访张俊秀之后，他一直在中国足球队执教，后来又于 1988 年至 1996 年担任中国足协副主席。2017 年 8 月 30 日，他溘然长逝，享年 83 岁。他将自己的一生奉献给中国足球事业，为中国足球事业做出重大贡献。

他永远被人们铭记！

把机遇紧紧抓住

机遇,就是有利的时机和境遇。一个人抓住了机遇,就抓住了成功的关键。在人的一生中,总会面临各种机遇,如果不能把机遇抓住,也就不会有施展的舞台,只能与成功失之交臂。机遇又总是偶然的,是很快消失的,这就更要留心,更要敏锐,更要当机立断地抓住。

陈省身:"做学问要趁年轻"

一

1986 年初,我在南开大学采访了著名数学大师陈省身——这是我第一次采访他,但一下子就受到很大的震撼。

陈省身是 20 世纪最伟大的几何学家之一,被誉为"微分几何之父",一生的经历充满传奇色彩:

1911 年,他出生于浙江省嘉兴市秀水县,1922 年随父迁往天津,转年考入扶轮中学,连跳二级后毕业,年仅 15 岁;

1926 年,他考入南开大学数学系,大学三年级就成为老师助手,年仅 17 岁;

1931 年,他考入清华大学

陈省身

研究院,1934年获硕士学位,成为中国自己培养的第一个研究生,年仅23岁;

1934年,他获得中华文化教育基金会奖学金,赴德国汉堡大学数学系留学,1936年获博士学位,年仅25岁;

1936年,他去法国巴黎留学,转年回国受聘于清华大学数学系,1938年随清华大学迁往昆明,任西南联大教授,年仅27岁;

1943年,他应邀到美国普林斯顿高等研究院任研究员,此后两年间,发表了划时代的关于整体微分几何基础的论文,奠定了在数学史上的地位,年仅32岁。

陈省身常说:"一个科学家真正做重要工作的时间不很长,做学问要趁年轻。"他是这样说的,更是这样做的,实为"大器早成"啊!

二

在抗日战争胜利后的1946年,陈省身从美国回到中国。1949年,又应美国普林斯顿研究院邀请,举家迁往美国,并于这年夏天任芝加哥大学教授。1960年,他又任加州大学伯克利分校教授,转年成为美国科学院院士,并加入美国国籍。

从1978开始,他不断回到母校南开大学进行学术交流,同时表达了要为新中国数学学科发展作贡献的愿望,提出建立"南开数学研究所"。

1987年,著名数学家、南开大学原副校长胡国定趁去美国

陈省身（右二）回国前夕，与好友合影

参加国际学术会议的机会，专程到加州伯克利分校拜访陈省身，邀请他到南开大学工作并建立数学研究所。当时，陈省身非常忙碌，别人找他谈话要预约，而且只能谈 10 分钟，但他却又与胡国定进行了 3 次长谈。

这时候，美国为了留住陈省身，破例在加州大学伯克利分校成立"美国国家数学研究所"，聘陈省身任所长。

陈省身无法推却，但提出一个条件，就是只任一届所长，干 3 年期满后就隐退。

当时，陈省身向胡国定立下承诺："3 年后，我一定回去担任'南开数学研究所'所长。"

在当时社会背景下，聘请一位外籍专家担任中国研究机构的主管，国内还没有先例，遇到的阻力可想而知。然而，改革开放的大潮势不可挡。1983 年 7 月的一天，胡国定接到国务院的通知,要他去北京参加会议,聆听邓小平关于引进人才的谈话。邓小平说:"要利用外国智力,请一些外国人来参加我们的重点建设以及各方面建设。"为了落实邓小平重要讲话精神,"中央引进国外人才领导小组"宣告成立,而经邓小平亲自批准,同意陈省身来华工作。

1984年,陈省身受聘担任"南开数学研究所"所长;1995年,陈省身当选中国科学院首批外籍院士;1998年,陈省身捐出100万美元,建立"陈省身基金",用于"南开数学研究所"研究工作。

2000年,陈省身偕夫人郑士宁回到南开大学定居。当时,陈省身又设想在南开大学建立国际数学研究中心,以招揽人才,推动中国数学学科的发展,得到时任中共中央总书记江泽民的支持。

人们都说,数学大师陈省身给世界留下两座十分宏伟的"数学城堡":一座是"美国国家数学研究所",一座是"南开数学研究所"。

三

历史没有亏待陈省身:

1984年,陈省身获得世界数学最高奖——"沃尔夫奖";并对他做出这样的评价:"此奖授予陈省身,因为他在微分几何上的卓越贡献,其影响遍及整个数学。"

1986年,中国数学学会设立"陈省身数学奖"这是国内数学史的第一个奖项,每两年颁发一次,对中国数学界有重大学术成

国际天文学联合会小天体命名委员会将一颗编号为

1998CS2 的小行星命名为"陈省身星"

果的年轻学者逐一筛选,最终评出两名给予奖励。

2009 年,国际数学联盟设立"陈省身奖",这是国际数学联盟首次以华人数学家命名的数学大奖,无年龄限制,在每 4 年召开一次的国际数学家大会上颁发,是国际数学界很高级别的终身成就奖。鉴于陈省身做出的杰出贡献,他多次受到邓小平、江泽民、李鹏、胡锦涛、温家宝等党和国家领导人亲切会见。

我在 1986 年初采访陈省身时,是在南开大学专门为他兴建的寓所——"宁园"进行的。这是一幢两层楼房,为何取名"宁园"呢? 陈省身对人说,是因为自己喜欢"宁静"。其实,这里还有更深层次的含义,即"宁"是他的夫人"郑士宁"中的一个字。陈省身在"南开数学研究所"工作期间,郑士宁总是陪伴在他的身旁,管理他的饮食起居,照料他的生活,并帮助他整理资料,可谓无微不至。他将寓所取名"宁园",蕴含着他对夫人郑士宁的深深爱意和不尽谢意。

<h1 style="text-align:center">四</h1>

在我与陈省身的交谈中,发觉他的名气这么大,却一点儿也不摆架子,总是逢问必答,说话的口气分外和蔼,还不时露出慈祥的笑意。

陈省身夫妇及子女

当年,他已经75岁,但身体依然非常健康。他的青发里虽出现缕缕白丝,可面色红润,步履轻快,记忆惊人,浑身蕴藏着使不尽的精力。他的眼睛不花,可以阅读书籍中密密麻麻小字;他的耳朵不聋,可以辨析极轻微的声音;他的心脏、血压也都很正常。更为突出的是,他多年以来几乎没有尝过患病的滋味。

陈省身告诉我,要保持身体健康,就必须在体育锻炼方面进行"投资",而他是舍得在这方面"投资"的。

在美国期间,陈省身有着与其他科学家截然不同的生活习惯:每天准时起床、入睡,准时工作,一不拉晚,二不熬夜,一切都"按部就班"地进行。可是,他的"工作强度"又非常大。刚到清晨8点,他就进入紧张的"临战状态",向数学领域的一道道难题不停地发动"进攻"……他一天到晚,不停地演算,不停地阅读资料,不停地冥思苦想,一点一滴的时间也不浪费。大多数假日,应当是轻松的,他却一点儿也不轻松,依旧是这样紧张地度过。

即使如此,陈省身在紧张的工作中,总是尽量挤出一些时间,利用工作房间的狭小"场地",开展"颇具特色"的运动。他特意买来一辆单轮健身车,安放在工作房间的办公桌旁。每天,他利用工作的间隙,饶有兴致地骑一阵单轮健身车。他的双脚踩着脚蹬子急促地转动,车轮飞快地旋转,发出"嗖嗖"的声响。过一会儿,体力渐渐不支,大口地喘着粗气,还是一个劲儿地蹬个不停;再过一会儿,两条大腿有些发软,滴滴汗珠从脸颊滚落下来,才慢慢停下来。

他有时候在工作房间思考一些问题,从不坐在椅子上纹丝不动,总是在地毯上慢悠悠地散步,从这一端走到那一端,又从那一端走到这一端,达到"一箭双雕"的目的——既做了工作,又活动了身体。就这样,他在工作房间每天起码要走"几里路程"。

间或,陈省身还要到室外活动。不过,不是参加球类活动,而是远足和登山。他认为自己的大脑缺乏"体育细胞",因为不论打篮球、打网球、打乒乓球或打羽毛球等,尽管十分认真,可动作总是"四不像"。久而久之,他就对球类运动逐渐失去了兴趣,同时产生了远足和登山的兴趣。

有时候,他兴致勃勃地来到郊外,置身于一望无际的森林里,进行远距离的跋涉,遍野的绿涛映入眼帘,浑身的疲劳不翼而飞。

有的时候,他开着汽车奔往一些遐迩闻名的大山,汽车本来可以开到山顶,他却在山脚戛然而止,随后一步步地攀登上去。每每登上一座突兀挺立的大山,举目远眺绵延起伏的群峰、弯弯曲曲的河流和迷迷蒙蒙的烟云,他都觉得心旷神怡。美国不少游人如织的大山,都留下了他的足迹……

来到南开大学的"南开数学研究所"后,陈省身仍然保持着喜欢运动的习惯。每天拂晓时分,南开大学的操场、小公园、林荫道,都遍布晨练的教师和学生。这时候,他也早早地来到长满荷花的马蹄湖畔,跟旧时的同窗学友、南开大学原副校长吴大任学练太极拳。与参加球类活动一样,他学练太极拳也比较吃力,但经过一番努力,终于取得一定的进步,也能不时变换各种姿势,一气呵成、神态自若地练下去。他为自己入了"门道"而高兴,后来越练越带劲儿……每天下午,他还抽出半小时,在马蹄湖畔的小径踱来踱去,代替了在美国的"室内散步"。

2004年12月3日,一代数学大师陈省身逝世,享年93岁。陈省身和夫人郑士宁一起葬于南开大学西南那片绿树掩映的坡地上。墓园的设计者是陈省身的外孙、青年设计师朱俊杰。他深刻领悟外公的理念,一切遵循外公生前的遗愿,所设计的墓碑简洁而独特,由汉白玉和黑色花岗岩组成,正面像一块黑板,上面镌刻着陈省身当年证明的"高斯-博内-陈"的手迹。而正是这一成果,使他开创了数学的新时代。墓碑前摆放着 23 个精巧的圆形石凳。整座墓园如同一个露天教室,充分体现了一代数学大师的崇高精神境界。

陈省身早年在津全家合影(后排右一)

牛犇：抓机遇是成功起点

一

我曾经先后3次采访天津老乡、著名表演艺术家牛犇。

第一次是1983年4月在上海电影制片厂，我听他颇有感慨地回顾了如何进入电影事业的历程——这历程是艰辛的，又是十分幸运的。

牛犇

第二次是1984年7月在上海电影制片厂，我与记者祝相峰听他畅谈在电影《牧马人》中成功塑造牧场职工郭子的体会。当时，《牧马人》放映后在全国轰动一时，荣获中国文化部优秀影片奖、大众电影百花奖最佳故事片奖，牛犇也荣获大众电影百花奖、中国电影金鸡奖最佳男配角奖。牛犇一见面就难掩兴奋之情地说:"我饰演郭子,得到观众很高评价,大量的信件从全国各地寄来,有相当一部分是咱天津老乡的,这让我心里很不平静。我要演更多的角色,去报答热情的观众。"

第三次是 1984 年 11 月在北京电影制片厂,我听他叙述了在电影《高中锋与矮教练》中饰演"矮教练"的情况。其中,他透露的一个情节让我深深地铭记:他随摄制组来到东营市的黄河岸边,抢拍"矮教练"去追一个叫"小山子"的孩子的镜头。他飞也似的跑到黄河岸边的软滩上,不料软滩是直上直下的土坡,身体一头栽进滔滔黄河,翻腾的河水顿时淹没他

牛犇

的头顶。多亏了他会游泳,用平生力气游向岸边,猛然抠住一个小土丘,身体才没被冲走。他上岸以后,浑身冻得直打战,竟然打趣地说:"黄河是我的母亲,而母亲是绝不会将自己的孩子送入'天堂'的!"这一席话让异常紧张的气氛马上消散了,大家都忍不住地大笑起来。

几十年来,牛犇已经在 200 多部影视作品中饰演不同的角色,塑造了一系列栩栩如生的人物形象,深受广大观众的喜爱。2017 年 9 月 16 日,他以 82 岁高龄荣膺中国电影金鸡奖终生成就奖。

他被誉为中国影视界的"常青树"。

牛犇的一生为何能取得这般成就？我感到,他在少年时期遇到难得的机遇,而他恰恰抓住这一机遇,迈出了人生的第一步,然后才一步步地走向成功……可以说,抓住机遇是他走向成功的起点。

这要从头说来……

二

牛犇1932年生于天津,家住河北区西窑洼明发胡同,有三个哥哥、一个姐姐和一个妹妹,全家人的生活只靠当职员父亲的收入来维持,过得十分清苦。他刚满11岁时,长期患病的父亲和母亲突然在同一天去世,日子过得更艰难了。于是,大哥带着一家人投奔北京的一个亲戚。到了北京,大哥到一个公司学"跟车",即做汽车公司驾驶员。当时,他家住的院里,住着包括天津老乡谢添在内的一些电影演员。谢添发现他挺有灵气,总想帮他找机会在电影里饰演一个角色,挣一点零用钱。

牛犇

在他13岁的那一年,谢添推荐他在电影《圣城记》中扮演村童"小牛子"。这部影片的导演沈浮也是天津老乡。在见沈浮的前一天晚上,嫂子拆了一个面袋连夜为他缝制了一件上衣,换下破破烂烂的脏衣服。他随谢添出发的时候,谢添一再叮嘱他不要害臊,不要紧张,要有礼貌,人家问什么就答什么。来到沈浮的办公室,他一一回答了问话,然后为了显示一下不"害臊"、不"紧张",还故意把屁股坐到沙发的靠背上。沈浮看了看,操着浓重的天津话对谢添说:"这小子真够怵的!"这样,沈浮一下子就把他相中了。

牛犇

他演完"小牛子"以后,很快就在邻居中间出名了,"小牛子"成为他的别名。

时隔不久,他又相继在几部影片中扮演角色,赚一些收入,并在学校断断续续地读了一些书。

1947年底,他已经15岁了,正赶上导演张骏祥准备在香港执导一部名为《火葬》的影片,经演员白杨的推荐,选他扮演"小丈夫"。一天,谢添得到音信急匆匆地到家里找他,却不见他的踪影。原来,他正在城外捉屎壳郎,打算制成屎壳郎拉纸马车的小玩意儿,到庙会上去卖,挣一点儿零用钱。谢添气喘吁吁地跑了许多地方,终于在城外把他找到了。

在临行前,谢添特意为他改了名字。他的原名叫张学景,但当时电影界都习惯用两个字的名字,谢添查了一下字典,发现一个"犇"字,就对他说:"你演'小牛子'是一只牛,再加三只牛,就叫牛犇吧!"从那时起,他就改名"牛犇"了;也是从那时起,他正式走上以电影为职业的人生之路。

　　1949 年中华人民共和国成立后,牛犇从香港回到北京,到北京电影制片厂工作。随后,又去了上海,一直在上海电影制片厂工作……牛犇一生的经历,给我们一个深刻的启迪:一旦遇上机遇,就要紧紧抓住,这对于一个人事业的成功至关重要!

郭振清:"热爱"是最好的老师

一

1981年,著名表演艺术家郭振清从长春电影制片厂回到哺育他成长的故乡——天津。从那时起,我对他进行多次采访,从而对他有了更加深入的了解。

20世纪五六十年代,我在上中小学时,就多次看过他主演的影片《平原游击队》。在这部影片中,他饰演游击队长"李向阳"——这位手持双枪的传奇式抗日英雄,率领游击队员神出鬼没地与日寇周旋,把日寇打得狼狈不堪,大长了中国人民的志气。这部影片上映之后,很快就在全国引起不小的反响,"李向阳"几乎成了家喻

郭振清

户晓的人物。十分有趣的是,当时许多人往往不再直呼郭振清,而是将他称为"李向阳"——这是对他的精湛表演充分的肯定,当然更是对传奇式抗日英雄充满深深的喜爱。

在"文化大革命"前,他先后参加了十几部影片的拍摄,譬如《六号门》《英雄司机》《暴风雨中的雄鹰》《花好月圆》《换了人间》《羌笛颂》《独立大队》《英雄儿女》……他在银幕上塑造了一系列栩栩如生的人物形象,性格迥异,个性鲜明,令人回味不已。

在以后的岁月里,他又参加了多部电影和电视剧的拍摄,或扮角色,或做导演,都给人们留下深刻的印象……

在长期艺术实践中,郭振清逐渐形成自己的独特风格。他的表演质朴无华,感情真挚,奔放又不失细腻,气质的把握十分到位,展现了一位表演艺术家的深厚功力。

这对于出生在一个普普通通劳动人民家庭的郭振清来说,能够取得这般显著成就又谈何容易!

二

"热爱是最好的老师"——这是广为流传的名言。郭振清的成功,得益于他在青少年时期就对艺术产生了不可割舍的"热爱"……

郭振清于 1927 年 8 月 15 日出生在天津郭庄子大街一个大杂院里。他的父亲开过茶坊,做过小买卖,一度还是惠中饭店的电梯工,收入十分微薄。儿童时代的郭振清,没有过上一天好

郭振清（右二）在影片《平原游击队》中饰演双枪李向阳

日子。

当时，郭庄子一带是异常热闹的娱乐场所，戏院里的京戏、评戏、河北梆子、曲艺，书场里的评书，空地上的戏法、杂耍，大街上的皮影戏、洋片……犹如磁石一样把做工之余的劳动人民吸引到这里，每天从早到晚总是人流不断，熙熙攘攘。

郭振清只读几年书，就因家境贫寒辍学了。他年龄尚小，无事可做，就经常走出家门，挤在人群里这儿看看，那儿瞧瞧。回到家里，他就模仿着表演各种各样的节目，又唱又跳得可认真呢！他曾用平时积攒的一点零钱，买来驴皮做的"皮影"，紧贴在屋内的玻璃上，一边耍一边唱，经常将邻居逗得捧腹大笑。

在这种环境熏陶下，他从小就对艺术产生了特殊的爱好，连做梦都想成为一个"千人瞧、万人看"的艺人。

有一次，他打算偷偷跟一个变戏法的艺人出走，被家长及时发现后拦住了。

1943年，他将近17岁时，就到电车公司当了一名售票员。

伏案挥毫也是郭振清的生活内容

如果上早班，他就凌晨3时从家里出发，步行十几里路赶到工作地点，连续工作12小时；如果上晚班，他就从下午1时干到深夜1时，也是连续工作12小时，然后再气喘吁吁地走回家里。肚子饿了，他就在电车上啃几口杂和面窝头或用山芋面、豆腐渣、豆饼做的干粮。一年到头，他也不歇一天。即使这样，他仍没有放松对艺术的追求。

在紧张劳动之余，他与电车公司穷哥们凑在一起，自发地开展文娱活动，成立了一支乐队。然而，他最喜欢的还是表演艺术。他经常去听京戏、评戏、河北梆子和单弦、时调、京东大鼓等，也不时地模仿着去唱去演。他识字不多，也不识谱，但唱什么像什么，模仿什么像什么，堪称惟妙惟肖，以假乱真。有时在上班前和下班后，他的兴头来了，立刻清一清嗓子唱上几段，总是博得一阵阵掌声。

当时，电车公司成立一个由"穿大褂"职员组成的业余京剧团，他几次申请加入，只因是"穿号坎"的穷售票员，屡屡遭到拒绝。后来，他天天去"磨"，才被勉强吸收进去，但总让他买烟、倒水和收拾道具，连"龙套"都不让跑。一气之下，他就溜了。

1949年1月15日，天津解放了，郭振清才有了出头的机会。

就在这一天,军代表把工人们集合在一起,高声宣布:"工人同志们,从今天起,你们就是工厂的主人啦!"郭振清夹在人群里,听着这激动人心的话语,心头一热,眼泪扑扑地滚落下来。

郭振清(左)在影片《英雄司机》中饰演角色

紧接着,他被选为电车公司第一位工会委员,同时担任腰鼓队长。这年6月,他被送往华北职工干部学校学习,半年后又调到天津市总工会文工团,当上了一名演员,终于实现了一生的夙愿!

他在天津市总工会文工团工作3年,又被调到天津人民艺术剧院,参加了电影《六号门》的拍摄,随后又去了长春电影制片厂。

郭振清于2005年8月24日去世,他在银幕上塑造的"李向阳"等人物形象永远留在人们的心里,而他从艺的艰辛道路也给人们带来了太多的启迪。

张良:"伯乐"识才多重要

一

1984年5月,我与《今晚报》记者祝相峰在广州的珠江电影制片厂,采访了著名导演、表演艺术家张良。

张良

在我们的青少年时代,人们对张良太熟悉了。我在上小学时,看过他主演的影片《董存瑞》。在这部影片中,他让"手托炸药包舍身炸碉堡"的英雄董存瑞复活了——这是一个性格倔强的董存瑞,是一个热爱生活的董存瑞,是一个"对革命无比向往、对敌人无比仇恨"的董存瑞。这部影片在全国各地放映后,一时引起了轰动,董存瑞的事迹更加深入人心,而饰演董存瑞的张良也获得种种荣誉:报纸介绍他的演技,画报刊登他的照片,电台请他讲话,座谈会让他发言,观众要与他见面……这一切都让他忙得不可开交。这部影片于1957年获文化部颁布中华人民共和国成立以来优秀影片一等奖,张良也获得个人金质奖章。

我在上中学时,还看过他主演的喜剧影片《哥俩好》。在这部影片中,他一个人饰演两个角色——同在一个连队的双胞胎战士陈大虎和陈二虎,这在当时是颇为新奇的。其中,陈大虎腼腆、稳重、踏实肯干,陈二虎活泼、调皮、毛病不少,但由于他俩让人难以分辨,闹出不少笑话。陈大虎帮助陈二虎克服毛病,样样都取得长足的进步,最后双双登上光荣榜。这部电影博得一片好评,张良于1962年获得大众电影百花奖最佳男主角奖。

那时候,我还看过张良参演的影片《战上海》《林海雪原》《三八线上》《碧空雄师》《英雄岛》《海鹰》等,都深深地留在记忆之中。

到了后来,我又进一步了解到,张良在担任影片《董存瑞》主角之前,只是一名普通话剧演员,而正是由于遇到"伯乐"——长春电影制片厂导演郭维,才施展出表演才能,以至一发而不可收……

二

张良出生在辽宁省本溪县下马塘村。1948年,他年仅15岁,就参加了中国人民解放军,先后是东北野战军卫士剧团、北京卫戍区宣传队演员。1950年,他赴朝鲜在中国人民志愿军战地宣传队担任演员。1952年,他先后又在华北军区文工团话剧团、沈阳军区话剧团担任演员。其间,尽管他参加一些演出,但还是很不起眼的演员。

1955年,长春电影制片厂导演郭维,出人意料地相中张良,邀请他担任影片《董存瑞》的主角。他仰慕董存瑞,在阅读剧本时,不止一次地被董存瑞的英雄事迹所感染,心灵受到了洗礼。他对董存瑞越是敬佩,就越感到自己身材矮小,不敢承担这一"高大"形象的任务。于是,他让郭维另请高明。

张良在影片《董存瑞》中饰演董存瑞

但是,执着的郭维不为所动,紧紧抓住张良不放,认定他是"一块待琢的璞玉",坚持让他试镜头。

张良第一次在银幕上的试片中看到自己的形象时,觉得表演得太不尽如人意了,哪里有一点英雄气概?他当场几乎要哭出来,决心立刻收拾行李离开这里。

让他大惑不解的是,凡是看过他试片的人,却都一致说他表演得好。长春电影制片厂领导当即拍板让他饰演董存瑞,他硬着头皮接受了任务。

导演郭维进一步启发张良:"英雄不是天生的,更不是超人的。他是生活在千百万人中间的一个平凡的人。他的伟大不是身材的大小，而是他对人民做了有益的事。"这一番话，让张良在表演中将董存瑞还原成一个脚踏实地、具有血肉之躯的平凡的人，一下子就大获成功，把董存瑞演"活"了。

通过这件事情，令我不禁想起一个典故：春秋战国时期有个秦国人叫伯乐，以善于相马而著称，以至出现"世有伯乐，然后有千里马"的美谈。这个流传千古的典故，就是告诫人们要善待人才：人才如被及时发现、推荐和使用，就能将才能充分施展出来；反之，也就将才能统统淹没了。

可见，人才遇上"伯乐"有多么重要——这让张良十分幸运地遇上了！

三

1984年5月，我与祝相峰采访张良时，他已经51岁了，在珠江电影制片厂担任厂长助理兼艺术中心主任。张良告诉我们：他于1959年调入八一电影制片厂，1966年"文革"爆发将他定为"漏网右派"进行揪斗，并下放干校劳动。1969年，他又被定为"右派分子"，复员到本溪木材厂当搬运工人。1972年，八一电影制片厂为他平反，经再三权衡，他应邀南下调入珠江电影制片厂。

当年，张良还介绍：他来到珠江电影制片厂，相继在影片《斗鲨》《挺进中原》中担任角色，并导演影片《梅花巾》《回头一笑》等。后来，他拍摄了影片《雅马哈鱼档》。这部影片描写20世

80 年代广州的青年人,为国分忧,自谋职业,在开办"鱼档"过程中,不是一味赚钱,还要"赚"人格,更好地为人民服务。他要让这部影片生活气息浓厚,广州风情浓郁,具有鲜明的时代特征。

　　《雅马哈鱼档》一经上映,就受到热烈欢迎,并得到这般评价:这是一幅广州市井风情画,是广东经济发展的"活广告"。

　　鉴于张良为中国电影事业所做的杰出贡献,他于 2015 年荣膺第 30 届中国电影金鸡奖终身成就奖。

特别珍惜时间

　　时间,就是物质运动过程的连续性、顺序性的表现,总朝一个方向流逝,一去不复返。一个人只有珍惜时间,才能去做更多的事情,进而有所作为,在事业上取得成功。时间是无穷无尽的,对每个人来说又是极其有限的,是转瞬即逝的;时间又是公正的,对每个人都不偏不倚,都是一天 24 小时。所以,一定要紧紧地抓住现在,能够现在做的就不要拖到明天,更不要拖到以后。

孙道临:星期日变成"星期七"

一

1984年5月,我与《今晚报》记者祝相峰在上海电影制片厂,采访了著名导演、表演艺术家孙道临。

20世纪五六十年代,我还在上小学时,就看过孙道临饰演角色的影片:在由巴金小说改编的影片《家》中,他饰演大少爷高觉新;在由柔石小说改编的影片《早春二月》中,他饰演知识青年肖涧秋。然而,他在影片中给我留下更深印象的是"革命者"形象:在影片《渡江侦察记》中,他饰演侦察连长李春林,一身军装,手握驳壳枪,眉毛飞扬,目光炯炯,以过

孙道临

人的机警胜利完成了任务;他还在影片《南岛风云》中饰演游击队长,在影片《红色的种子》中饰演县委书记,在影片《永不消逝的电波》中饰演地下党员,在影片《51号兵站》中饰演指导员……

孙道临(右)在影片《家》中饰演角色

从20世纪70年代末起,他又相继导演、主演了影片《李四光》《一盘没有下完的棋》《雷雨》《非常大总统》《继母》《詹天佑》等。

孙道临为我国电影事业做出不可磨灭的贡献,深深受到广大观众的喜爱,因而多次获得国内外电影艺术大奖!

那天,我们在上海电影制片厂采访时,由于孙道临工作太忙,提前没联系上,对他并没有约定。临近中午时分,我们从办公大楼准备离去,突然在电梯里与他邂逅,这让我们喜出望外。

"见到您太高兴了,可以采访您吗?"我们有些不好意思地用试探口吻去问。

孙道临看一下手表,沉思一会儿,就爽快地回答:"可以。我也挺忙的,咱们抓紧一下时间吧!"

他很快把我们带到办公室,分外热情地接受了我们的采访,这让我们再一次喜出望外。

他一开口就兴致勃勃地介绍:目前,正在紧张地创作一部反映孙中山先生光辉业绩的影片,并要亲自担任导演和主演。

二

孙道临于 1921 年 12 月出生在北京,原籍浙江嘉善,毕业于北京燕京大学哲学系,1948 年在上海开始参演电影,1949 年进入上海电影制片厂。

这是他多年以来一直想要实现的心愿……

1942 年,他在北京燕京大学哲学系读书时,北京城被日寇侵占了。他不愿做日伪学校的学生,就在近郊圈了一块荒地养羊,当起了一名"羊倌"。每天清晨,他就上山割草喂羊,下午挤羊奶,傍晚进城卖羊奶……到了夜间,他在一间简陋的小屋里,最大的享受就是用手摇唱机听肖邦、海顿、贝多芬的乐曲,最大的爱好就是看伟人传记,而看得最多的就是介绍孙中山先生光辉业绩的书。从那时起,他就对孙中山先生充满了敬佩。

光阴荏苒。到了 1981 年,正值纪念辛亥革命 80 周年之际,上海青年艺术剧院决定排演话剧《孙中山与宋庆龄》。这时,他

20 世纪 60 年代的孙道临

已经成为闻名遐迩的表演艺术家,因而被特邀饰演孙中山先生。由于他手头要做的事情太多了,最终未能实现饰演孙中山先生的愿望,但却萌生了创作反映孙中山先生光辉业绩电影文学剧本的念头。

1984 年初,他已经 63 岁了,终于与编剧叶丹一起开始着手这部电影文学剧本的创作……

孙道临充满深情地谈到,孙中山先生在中国近代史上的地位是崇高的,贡献是巨大的,将这样一位伟人第一次在银幕上再现,题材重大,难度也大,一定要投入全身心去做。于是,不论寻访孙中山先生活动过的地方、拜访孙中山先生的部下,还是查阅大量历史资料,他都亲自去做,并且抓紧一切时间去做,不分昼夜去做,以至将星期日也变成"星期七"。

过了中午 1 时,我们的采访才告结束,孙道临连午饭都未吃,又急匆匆地做其他事情去了。

我们采访孙道临两年之后的 1986 年,在纪念孙中山先生 100 周年诞辰之际,一部反映孙中山先生光辉业绩的影片《非常大总统》隆重公演了。这是一部纪实性的史诗风格历史人物故事片,由孙道临导演并主演,真实而生动地再现了辛亥革命推翻清王朝后,国家处于军阀割据和混乱之中,孙中山先生就任非常大总统誓师北伐,决心重新统一中国……这部影片刚一公演,就在社会上引发强烈的反响,让广大人民群众对孙中山先生更加肃然起敬。

后来,我由衷地感到,孙道临抓紧一切时间去做事,岂止仅仅表现在创作、拍演《非常大总统》,而是一生都始终如此——这也正是他在电影事业上取得显赫成果的缘由啊!

由此,又让我产生更多的感慨:时间是公正的,对任何人都不偏不倚,都是一天 24 小时;时间在宇宙发展长河中是无穷尽的,但对于每个人来说,又是极其有限的,是转瞬即逝的。所以,我们一定要百般珍惜时间,抓紧一切可以利用的时间,才能在事业上有所建树。

孙道临正是这样做的!

2007 年 12 月 28 日,孙道临走完人生的路程,享年 86 岁。他的一生,给我们留下了许多值得回味的深思……

叶永烈:长年没有节假日

一

1983 年 5 月,我在上海采访了著名作家叶永烈。

叶永烈

当年,叶永烈家住上海漕溪新村一套并不大的两室一厅单元房。我发现,家里陈设比较简陋,可是却有很多书籍,在客厅和卧室的木架上,都摆满各种各样书籍,顿觉进入一个"书的天地"。

在我采访叶永烈时,他的妻子杨惠芬也在场。叶永烈与杨惠芬是温州同乡,都出身书香门第,父辈之间就结下交情,到他们这一辈又喜结良缘。在家里,杨惠芬几乎包揽了所有的家务,还帮助叶永烈接待客人,收发邮件、整理资料,抄写稿件,甚至还要对稿件进行推敲校改,是一个分外难得的"贤内助"。

叶永烈在当年就已经名气很大了,他的一生也充满传奇色彩……

他是浙江温州人,生于1940年,11岁时就在报刊发表诗作,18岁时就在报刊发表科学小品。1960年,他考入北京大学化学系,利用课余时间写了一本科幻小说《碳的一家》,寄往上海少年儿童出版社。这本书很快就出版了,同时也给他带来意想不到的机遇。当时,上海少年儿童出版社已经着手编辑科普丛书《十万个为什么》,责任编辑请了上海一些中学化学教师,为《十万个为什么》化学分册撰写文稿,但总觉得不满意。责任编辑看了叶永烈写的《碳的一家》,眼前为之一亮,感到他的文笔很好,能够将科普知识写得生动、有趣,于是就尝试着让他来写。他一边上学,一边写作,不断将写好的文稿一篇篇地寄过去,最后责任编辑将其他化学教师所写文稿全退掉了,基本上采用了他写的文稿。《十万个为什么》化学分册的173篇文稿,有163篇是他所写。随后,他又参与了《十万个为什么》天文、气象、农业和生理卫生等分册的撰写,是这套科普丛书最年轻的作者,也是写得最多的作者。

《十万个为什么》一上市,就在全国引起轰动,第一版就印了500万册。多年以来,《十万个为什么》的发行经久不衰,成为几代中国人在童年和少年时代爱不释手的书籍,也为几代中国人留下了难忘的"集体记忆"。

叶永烈四本科普新书"出笼"读者携79年老书捧场

1961 年,仍在北京大学化学系读书的叶永烈,放暑假后没有回家,又冒着酷暑在学生宿舍里撰写一本科幻小说《小灵通漫游未来》,讲述了一个叫小灵通的小记者漫游未来的故事,充满了对未来的美好想象。不过,由于当时特殊的历史背景,这本书被尘封 17 年之后,才在 1978 年由少年儿童出版社出版,而一经出版就立即引起轰动,先后印了 300 万册,成为风靡全国的畅销书。

1984 年,他又写了《小灵通再游未来》;2000 年,他又写了《小灵通三游未来》。目前,"小灵通"系列的这 3 本书,仍然雄踞我国科幻小说发行量之首。

随着年龄的不断增长,在 1984 年以后,他逐渐转向纪实文学,以写知名人物和历史事件居多,被人们称为"旧闻记者"。

他撰写的长篇纪实文学集《1978:中国命运大转折》《红色的起点》《历史选择了毛泽东》《毛泽东与蒋介石》《邓小平改变中国》《反右派始末》《四人帮兴亡》等,都是重大历史题材作品,体现了他创作的9字方针,即"大题材、高层次、第一手",成为对我国当代重要历史忠实记录,是一个历史性的贡献,在社会上产生了十分广泛的影响。

他还在世界各国和全国各地的"行走"当中,写下大量脍炙人口的游记。

二

叶永烈曾在 2016 年对自己的写作做过一次数字总结:"前段时间我整理了我的科普作品《叶永烈科普全集》,有 28 卷,1000 万字;我的纪实文学作品 1500 万字;还有行走文学,《叶永烈看世界》21 本,现在出了 19 本,500 万字。"也就是说,他所写的作品已经达 3000 万字——这是令人惊讶的数字,是大多数作家难以达到的数字,足以反映了他对写作的热爱、执着和激情!

他有许多作品获得各种奖项,并在美、英、日、韩、德、意等国家和中国台湾、中国香港地区出版。他还先后被授予"全国先进科普工作者"称号,被收入美国《世界名人录》,被评为全国当代优秀传记文学作家……

然而,他的一半作品是在视力受损情况下完成的。

1991 年,他的眼睛出现"视网膜脱落",并且已经很严重了。

叶永烈向上海图书馆捐赠私人档案,足足装了一卡车

他在一家大医院做了手术,但手术效果不太好,一只眼的视力几乎没有了,另一只眼也深度近视。医生劝他不要再写东西了,换一个少用眼睛的工作,因为发展下去别说是工作,恐怕连日常生活也难以自理。

不再写作怎么能行? 他干脆地回答:"不能换。"

于是,他就用电脑代笔。1992 年,他就买了一台当时最新的电脑,成为首批用电脑写作的中国作家之一。他感到,"用电脑不像手写那样累,字可以放得很大,眼睛就轻松多了"。由于视力的原因,他打算在 2000 年——进入花甲之年封笔,然而最终还是封不住,也舍不得封,所以依然还在辛勤地写作……

我在 1983 年 5 月采访叶永烈时,他送给我一本刚出版的书《科学成败纵横谈》,并在上面签名,一直被我珍藏。当时,他告诉我,他刚写完《小灵通再游未来》,一进入写作状态就什么也不顾了,不分昼夜地写了一个多星期……随后,他又马上赶写其他作品。

他对自己的工作做了这般总结:"一年到头,我没有周末和星期天,也没有节假日,都一直处于工作状态。"

除了工作还是工作——这不正是他的事业取得累累硕果的缘由吗?

年近八旬的叶永烈依然壮心不已,依然在做一些很有意义的事情……

叶永烈(左)在海南与友人合影

峻青:常常每天只睡四五个小时

一

上海市乌鲁木齐北路一座二层小楼里,住着著名作家峻青和家人,在 1983 年春天和 1984 年夏天,我曾两次来到这里对峻青进行了深入的采访……

峻青生于 1922 年,山东海阳人,幼年家贫,只读了几年书,但一直坚持刻苦自学。他刚到 18 岁就毅然投身革命,参加了抗日战争和解放战争,干过随军记者、报社编辑组长、广播电台编委和武工队小队长等。新中国成立后曾担任上海作家协会副主席兼代理党组书记,也曾担任《文学报》主编,在中国文学界颇具一定的影响。

20 世纪五六十年代,我还上中小学时,就多次看过由他的小说改编的影片《黎明的河

峻青

边》,留下非常深刻的印象。这部影片反映了1947年秋解放军从胶东地区昌潍一带撤退后,通讯员小陈一家人护送两个武工队队长过河去坚持斗争,在完成这一艰巨任务后,只有小陈的爸爸活下来,其他的家人都献出宝贵的生命,表现了大无畏的革命英雄主义精神,不知让多少人的心灵受到震撼。

20世纪80年代初,我还看过由他的小说改编的电视剧《海啸》。这部电视剧反映了在抗日战争最为艰苦的1942年胶东地区遇到罕见的海啸,造成粮食颗粒无收,革命根据地面临断粮,接受运粮任务的小分队克服难以想象的困难。经历了土匪骚扰、国民党军队的偷袭和日本鬼子的截击,最终将粮食安全运达目的地。这部电视剧情节惊险、曲折,充满传奇色彩,并具有浓郁乡野气息,在全国各地一时热播,深受欢迎。

《黎明的河畔》手稿

那时候,我还看过他写的其他小说,被一系列大义凛然的革命英雄形象所感染:《党员登记表》中的女共产党员黄淑英,宁死也不肯将党员登记表交给敌人,母亲眼看着她惨死在敌人屠刀下;《老水牛爷爷》中的老水牛,面对敌人严刑拷打始终也不泄露党的机密,敌人敲掉他的一颗颗牙齿,他连牙带血一起喷到敌人脸上;《马石山上》中的10名年轻战士,一次次地冲出日本军队的包围,杀死100多名日本鬼子,救出2000多名老百姓,在5名年轻战士牺牲之后,另外5名年轻战士砸碎打完子弹的枪支,相拥一起拉响最后一颗手榴弹……

二

峻青是一位富于独创性的作家,所写作品不仅有小说,还有散文、随笔和文学论文等,堪称著作颇丰。他在小说中塑造的英雄人物,所面临的环境总是那么险恶严峻,所进行的斗争总是那么惊心动魄,但在悲壮的氛围中又总是让人们感受到一种信念、一种力量和一种发自内心的激昂。他为中国文学事业做出应有的贡献,由此也确立了他在20世纪后半期中国文学史上的地位。是一种强烈的责任感,促使峻青这样去做的。他曾说:"在那些艰苦的日子里,多少身边的父老兄弟在我的身边倒下去了,每一想到这些为了党和人民的共同事业而慷慨地贡献了自己宝贵生命的人们,我的心情就情不自禁地激动起来,发生了一种要用文学创作来表现他们的强烈冲动,这些冲动促使我写出了这些作品。"

然而,在"文革"期间,峻青却被"专机"从上海押往北京,坐了5年半监狱。当时,罪名缘何而起,命令由谁下达,都不得而知。后来通过提审,他才知道自己被定为"中国的肖洛霍夫"——塑造一个英雄人物却让他死掉,人为地制造一个悲惨的结局,"歪曲人民战争,宣扬战争恐怖"。其实,战争就是残酷的,有战争就有牺牲,有多少革命先烈在战争中为了中国人民翻

身解放而献出宝贵的生命。讴
歌这些革命先烈，弘扬这些革
命先烈的大无畏英雄气概，去
教育和鼓舞一代又一代的人
们，不正是一个作家在忠诚地
尽自己的责任吗？

峻青著作《雄关赋》

三

在人们心目中，峻青的"文
名"要比"画名"响亮得多。其
实，他"作画"的历史其实远比
"作文"来得早。他的家庭贫
寒，但却是贫寒的"丹青之家"，他五六岁时就在父亲指导下练
习绘画，并且在以后岁月里一直没有放弃。他擅长山水、人物、
花鸟，尤以花鸟见长，曾多次在国内外举办画展。著名作家丁玲
曾向他求一幅"梅"画，他为丁玲特意画了一幅《墨梅图》，画面
上一枝挺拔的蜡梅突兀出现在扭曲的老树上，寥寥几朵梅花怒
放在枝头。表达了他对丁玲的崇高敬意和高度评价。

让我特别荣幸的是，我在当年采访峻青时，他还当场为我作
了一幅画《夏荷》，一朵朵荷花在荷叶中间亭亭玉立，那么娇艳，
那么妩媚，象征着"出于污泥而不染"。我一直珍藏着这幅画，
作为对我永久的激励。

四

在当年的采访中,我还了解到峻青进行健身的一段经历,至今也难以忘怀……

1964 年,峻青刚刚 41 岁,就成为弱不禁风的"病夫"。因为,他长期夜以继日地工作,每天只睡四五个小时,身体屡出"故障",先是得了心脏病,时常出现剧烈心绞痛,继而又开始严重神经衰弱,每天晚上躺在床上翻来覆去地睡不着,午夜过后好不容易进入昏睡状态,仅过一两个小时便又苏醒过来……间或,大脑还不时处于混乱状态,刚说过的话扭头就忘,到外边散步也得由家属搀扶着缓缓而行。

他被送进医院治疗,医生看他病情严重,一连几次向家属发出"病危通知书"。后来,经过医生全力治疗,虽然不见好转,但总算维持着不再恶化。

在这种情况下,峻青在家属陪伴下从上海去青岛疗养。一天,一位多年不见的老朋友登上门来,一看他那憔悴的模样,顿时大吃一惊,就动员他练健身气功。"这能行吗?"他将信将疑地问。老朋友用肯定的口吻说:"准能见效,让我来教你。"从此,他在老朋友的指点下,用站桩、卧坐等姿势,练起"真气运行法"。每天,他凌晨 4 时起床,在住处前一片郁郁葱葱森林里,练功 2 小时;中午和晚上,还要再练功 2 小时。

一开始,他过分追求姿势,追求"入静",但效果不好。经过老朋友的启发和翻阅理论书籍,他知道练功必须要自然、放松。

他这样做了,果然收到很好的效果,每次练功完毕,都觉得身体出现难以表达的舒畅。

两个月以后,他的睡眠大大好转,一夜能睡六七个小时,食欲也不断增加,步履变得稳重了……

3个月以后,他的身体出现了奇迹:心脏病很少再发作,神经衰弱已经痊愈,走路又轻又快,一次能走十几里,并且又能去干自己想干的事情了。

自那时出现了"转机",峻青的身体一直很健康。

于是,他又把全部精力投入到繁忙的工作之中,每天阅读有关书籍和报刊,伏案撰写作品,接待各方面客人,参加各种社会活动……总是把"时间表"排得满满的。

邓友梅：严格的"作息时间表"

一

1986 年 7 月，我前往北京采访了著名作家邓友梅。

当年，邓友梅正处于创作的"高峰期"，所创作的作品连连获得大奖：《我们的军长》，于 1980 年获全国优秀短篇小说奖；《话说陶然亭》，于 1981 年获全国优秀短篇小说奖；《追赶队伍的女兵们》，于 1982 年获全国优秀中篇小说奖；《那五》，于 1983 年获全国优秀中篇小说奖；《烟壶》，于 1984 年获全国优秀中篇小说奖。此外，还于 1985 年获中篇小说选刊奖。

邓友梅的佳作颇多，但最能代表其艺术成就的是被称为"京味儿"小说的《那五》《烟壶》等。这些"京味儿"小说，

邓友梅

大都取材于旗人的故事，以独特的视角，描绘人们不太熟悉的旗人生活画卷，给广大读者以历史的感悟和现实的启示。

邓友梅于 1931 年 3 月出生在天津，祖籍山东平原，1945 年到新四军任文工团员，1950 年调北京文联工作，一生都从事文学创作。

在采访邓友梅之前，我就听说他整天忙于写作，也忙于各种社会活动，难得有闲暇的时间，所以总是要对采访的记者予以回绝。我很想采访邓友梅，又担心被回绝，就在天津找到著名作家冯骥才帮忙。冯骥才明白了我的意图，很有把握地向我表示，邓友梅是他的好友，去采访邓友梅时，就说提前找他了，他也同意帮忙了，这样邓友梅就会接待了。

所以，我这次来到北京，并没有事先与邓友梅联系，就直奔他的家中——劲松小区一幢崭新楼房里。

二

我刚一见到邓友梅，就直截了当地说："我是《今晚报》记者，是来采访您的。"我没等回话，马上打起冯骥才的"旗号"，又说："是冯骥才让我来的，我知道您很忙，不会占您太多的时间，请您支持一下。"

果然，邓友梅一听说是冯骥才让来的，也就不好意思回绝了，让我在客厅的沙发上坐下来。

邓友梅一张口就说："我今天干什么，近几天干什么，都是提前计划好的，否则就什么也干不好"。

我知道，是我的突然来访，干扰了他的计划，让他感到为难，脸上露出了歉意。

随后，邓友梅特意向我解释，他已经 55 岁了，再不像有些作家那样过着"波浪式"生活：兴头来了，不分昼夜地疾书；兴头下去了，一连数日也不动笔。他把生活安排得十分严谨，制订了严格的"作息时间表"：每天清晨 6 时起床，出去晨练归来才吃早饭，上午 8 时半至 11 时半进行写作；中午 12 时吃午饭，1 时至 2 时午休，2 时半至 5 时半进行写作、读书或者处理杂务；晚上 6 时吃罢晚饭，出去散步 1 小时，再进行写作、读书或者处理杂务，至 11 时准时上床就寝。

有的时候，他要外出参加社会活动，也要外出探亲访友，一时打乱了安排，但只要一回来，立刻就恢复原状。

邓友梅的这一"作息时间表"，使他的时间得到充分的利用，大大提高了效率，因此才在文学创作上取得这样丰硕的成果。在采访中，他不仅介绍了近日写作的进展，而且还介绍了生活中的一些习惯。

我得知，他非常重视体育锻炼，每天晨练时，要跑 10 余里路，到古木参天的天坛公园打太极拳或练鹤翔庄气功，一年到头，寒去暑来，甚至逢年过节，也不会停止。

我还得知，他非常注意控制饮食，每天"逢饭只吃八分饱"，面对可口的饭菜决不多吃，即使参加丰盛的宴会，也不让肚子里的"馋虫"肆虐起来，每道菜只吃一点点，直至吃到"八分饱"，就再也不吃了。

由此，让他保持了身体的健康。如今，时间已过 30 多年了，但他在当时留给我的印象还是那样清晰:中等个儿,不胖不瘦,头发乌黑,容光焕发,显得精力很充沛,这实在难得啊!

邓友梅、李希凡、李瑛、屠岸、白刃、朱寨、袁鹰、高莽、玛拉沁夫、张炯等

十位老作家,代表从事文学创作 60 年的会员接受

中国作家协会颁发的荣誉证章证书。

努力保持好心态

　　心态，就是人们的心理状态。一个人保持好心态，不仅有益于身体健康，也益于工作，有益于事业的成功。但在生活中，对于任何人来说，往往都是"不如意事常八九"，即随时都会遇上不顺心、不愉快的事情，很容易引起情绪的波动，出现不好心态。然而，如果以一种很高的精神境界，很达观、很大度、很开通地应对，就能避免情绪的波动，让情绪依然平和，从而保持好心态。

马三立:不妄想　不妄动　不妄言

一

　　我与相声泰斗马三立多有接触——既有对他的采访，又与他共同出席活动或观看他的演出……他那"德艺双馨艺术家"的形象，至今仍深深铭刻在我的心中。

　　马三立出生于 1914 年，原籍甘肃永昌，回族人，曾在天津汇文中学就读，初中毕业开始学说相声。他的启蒙老师，是他的父亲——"相声八德"之一的马德禄。后来，他又拜"相声八德"之一的周德山为师。他从小就耳濡目染地对相声艺术十分熟悉，打下"说""学""逗""唱"的深厚功底。1947 年，他登上被全国说唱艺人视为"大

马三立

台口"的天津大观园剧院,与其他艺人搭档演出,受到广大观众追捧。转年,他来到北京,在华声电台和茶社、戏园演出,以其独有的艺术风格,在广大观众中引起轰动。

新中国成立后,他又回到天津,进入天津曲艺团,积极编演新相声,还在抗美援朝战争中参加赴朝慰问演出,依然在广大观众中有着很大的名气、很好的名声……然而,在反右运动中,他很快被打成"右派分子",当时的说法是他改编并表演了相声《买猴记》,塑造了一位闻名全国的办事马虎、工作不认真的人物形象"马大哈",这是"给新社会抹黑"。但时隔多年后给他平反时发现,在他的档案里,没有任何认定"右派"的材料,只是因为"右派"指标增加了,他是被"凑数"报上去的。而就是这个"凑数",彻底改变了他的人生。

马三立(左)和赵佩如

当时,马三立正值盛年——正是"出活、出好活"的时候,却不能再登台演出。从1958年起,他历尽了磨难:几次下放劳动,又一度被关进"牛棚"做杂役,到1970年因"战备疏散人口"还被举家迁往南郊区北闸口村落户,而一待就是 7 年。可是,他作为一个技艺超群的老艺人,心里无时不在想着舞台,想着舞台下面那些爱他、捧他的观众。所以,不管是在城里或是农村,也不管身处什么逆境,他从来没有忘记背相声段子,几乎每天早晨都要练一番,身上的功夫并没有荒废。

"文革"结束后的 1977 年,他又回到天津曲艺团,再度焕发了艺术的青春。他与老相声表演艺术家搭档,再度登台表演了对口相声《西江月》《文章会》《开粥厂》《卖挂票》等一系列的"拿手绝活儿"。尤为难得的是,他在无人捧哏的情况下,又积毕生的功力,创编并表演了单口相声《逗你玩》《家传秘方》《检查卫生》《八十一层楼》《追》等一系列的"拿手绝活儿"。他所表演的相声,让人们"当时乐了还不算",并能"什么时候想起来还会乐",久久地回味不已。

1985 年,他在中央电视台春节联欢晚会上表演了单口相声《大乐特乐》。

1994 年,反映他一生传奇经历的 18 集电视连续剧《马三立》播映。

马三立对相声艺术的突出贡献,在于对这一艺术优良传统的全面把握和全面继承,具有浓郁的市井气息,在自然、散淡之中,所抖"包袱"不会轻易出手,而一旦出手就一语中的,让人们在出其不意之中,受到"歌颂真善美,讽刺假恶丑"的熏陶。他把相声艺术推向一个新的高峰,形成独具一格的"马氏相声"。

二

也许是看淡了,也许是更清醒了,历经磨难的马三立即便总让掌声四起,总让人群包围,又总对这些纷至沓来的荣誉保持一定的距离。在掌声中,在人群里,他不止一次地说:"我不是大师,不是艺术家,我只是一个普普通通的老艺人,是个喜欢相声、喜欢钻研相声的老艺人。"

20世纪八九十年代,我不断听到年逾古稀马三立的"笑谈":

他是5所小学的校外辅导员,每逢"六一儿童节"都要去这些小学讲话,还讲一些妙趣横生的小故事。他说:"我是为'报酬'而来的,这'报酬'是给我戴红领巾。"

他去天津养老院演出,一连说了几段小笑话,把老头子、老太婆们逗得开怀大笑,都高兴极了。一个老头子知道他的老伴已经故去,建议他也住到这里,还说这里孤身的老太婆很多,能搞一个对象。他说:"这是用美人计骗人。"

他参加居委会组织的义务巡逻,每月两次,不论春夏秋冬,从来也不缺勤。他戴着红袖箍,在楼群、路口来回转,查看各户门上的锁、门前自行车上的锁,还要监督路口的停车……他说:"监督路口的停车可以,但交警就是不敢让我在路口值班,因为一有我就堵塞交通。"

我还清晰地记得,在2001年1月28日,今晚报社等单位主办了"马三立从艺80周年暨告别舞台演出"活动,地点在天津人

马三立（后左三）与常宝华（后左四）、马季（后左二）、
苏文茂（后左一）等相声名家在一起

民体育馆。消息一经传出，遍布四面八方的仰慕者纷纷前来，出现"一票难求"的局面。我作为主办单位负责人也来到现场。主持人为赵忠祥、倪萍，参演人员有马季、杨少华、姜昆、冯巩、牛群、黄宏、李光羲、马玉涛、郭颂等，都是清一色的演艺界名流。马三立在节目进行当中，也登台为大家献艺，全场报以经久不息的掌声……

三

在我对马三立的采访中，印象很深的一次，是在 1986 年 6 月在他的家里进行的关于"养生"的采访。

　　当年,他已经72岁,一副瘦削的身材,脸色红润,两眼有神,举止自如,牙齿一颗也未脱落,身体尚未有任何疾病。尤其令人吃惊的是,他依然有着过人的记忆力,同陌生人接触时,只要随便一问姓名、年龄和工作,一连几年也不会忘却;背一段30分钟相声,只需四五天就可滚瓜烂熟,这是一般年轻人都望尘莫及的。

马三立和马季

　　他的身体这般健康,得益于长年坚持运动。他每天清晨都练一套健身操,使周身得到活动,就像离不开穿衣、吃饭一样,他在生活中也离不开健身操。

　　同时,还得益于时刻注意调节自己的情绪。他清楚地知道:情绪不好,往往会使身体招致种种疾病,无异于服慢性毒药;情绪良好，既可促进身体的健康，又可使得一些疾病好转乃至自愈，胜于吃良药。所以，不仅要坚持运动，而且要注意调节情绪，才能达到强身健体的目的。

他悟出了这个道理，给自己定下"不妄想、不妄言、不妄动"的准则。所谓"不妄想"，就是尽力克制由私心引起的不正当欲望，赚不义之财、踩别人肩膀往上爬以及向别人讨便宜等非分之念，他不去想。那么经常想什么呢？他想的是自己不能像工人、农民那样创造物质财富，不能像科学家那样有所创造，却可以不断表演几段高质量的相声，献给广大观众，尽上一份心意。进而推之，他要求自己做到"不妄动"——不为不正当欲望去做各种过分的行动；做到"不妄言"——不为不正当欲望而胡言乱语。这样使他免除了生活中的许多不必要烦恼。同事们都认为他"不琢磨人"，非但很少跟他"找麻烦"，而且十分乐于同他接近。平日，到他家串门的人很多，屋里经常洋溢着说笑声。即便如此，他依然不能摆脱不顺心的事情。因为，"不如意事常八九"，对于任何人来说，在生活中所遇不顺心事情与顺心事情相比，总是占据多数。他当然也不会例外。

在这种情况下，他又如何调节情绪呢？

首先，用意识调节。有时候，他与一些人产生摩擦，感到一阵阵憋气。怎么办呢？他经常反躬自问："是不是误解人家了？"果真如此，他就立刻表示歉意。如果对方确实胡搅蛮缠、惹是生非，他就效仿林则徐用"制怒"的警言约束自己，尽量不生气——不让不好的心情伤害身体。同时，心境平和地、适度地向对方陈述道理。由此，使他在很多场合保持了情绪的稳定。

其次，用行动调节。有时候，他与一些人发生矛盾后，一时难以遏制，眼看就要顶撞起来了。此时，他总是主动避开，去干自己喜欢的事情，或是找好友聊天，或是在屋里看书，或是到公园漫步……随着时间的推移，他的火气"降温"了，对方的火气也"冷却"了，再去诚恳地凑在一起，常使问题得到比较好的解决，也避免了情绪的强烈波动。

当年，我将这些内容写成文章，发表在报纸上、杂志上，收集到书籍里，得到许多人的深深赞许。

2003年2月1日，马三立不幸逝世，享年89岁，是一位长寿老人。遵照他的遗嘱，"毕生只想把笑声留给人民，而不能给大家添麻烦"，依照穆斯林风俗给他举办了简朴而隆重的葬礼。

"毕生只想把笑声留给人民"——他实实在在地做到了！

马三立（左）与侯一臣

骆玉笙:让大脑保持"素净"

一

1986 年 2 月,我在天津南京路云峰大楼一套单元房里,采访了著名表演艺术家、"骆派"京韵大鼓创始人骆玉笙。

骆玉笙的艺名是"小彩舞"。她在 70 余年京韵大鼓艺术生涯中,继承前辈艺术成就,博采众家之长,经过孜孜不倦地探索,创立了字正腔圆、声音甜美、抒情委婉、韵味醇厚的"骆派"京韵大鼓,开拓了京韵大鼓艺术新局面,达到这一艺术形式的高峰。

她曾担任中国曲艺家协会主席、名誉主席。

骆玉笙于 1914 年生于江

骆玉笙

南,刚刚6个月就被江湖艺人骆彩武收为养女,所以她并不知道自己确切出生地点,而"小彩舞"的艺名也是由"彩武"而来。她从4岁起就跟养父漂泊各地表演杂耍,上海的大世界、南京的夫子庙、汉口的大舞台,都留下她演出的足迹。养父常常在变戏法时把她变出来,再让她给围观的人们唱一段京剧二黄。一个小小的孩子,正是需要关心和呵护的时候,却已经为衣食奔波了。她有了伤心事没法跟人说,有了高兴事也没人去听,只好用唱戏寄托自己的喜怒哀乐。她每当回顾自己的童年生活,总是无限感慨地说:"我是唱着戏长大的!"

1931年,养父去世后,17岁的骆玉笙改唱京韵大鼓,师从为京韵大鼓一代宗师刘宝全操琴的韩永禄。根据她的特点,韩永禄为她设计了独特的唱腔,兼容刘(宝全)派、白(云鹏)派、少白(凤鸣)派之长,形成别具一格的风格。

她早期以唱悲曲见长,最具代表性曲目为《剑阁闻铃》。这段曲目从20世纪40年代起,历经50年始终不衰。《剑阁闻铃》那低回婉转的腔调,如泣如诉,让真挚的情感一下爆发出来,令人荡气回肠,成为一代绝唱。

新中国成立后,她于1951年进入天津曲艺团,不再用"小

骆玉笙1946年演出《剑阁闻铃》

彩舞"的艺名，改用本名"骆玉笙"，唱段又以声情并茂、昂扬向上著称。"文革"中，她曾一度改做教学工作，但并没有放弃对艺术的追求，依然十分刻苦地坚持练功。"文革"后，她又在花甲之年重新登上舞台，保持了充沛的活力。

20世纪80年代，是骆玉笙演唱的黄金时期，中国唱片总公司为她进行了一次立体声唱片录音，其中有《剑阁闻铃》《红梅阁》《子期听琴》《伯牙摔琴》《击鼓骂曹》《祭晴雯》《和氏璧》《丑末寅初》等十几个曲目，几乎囊括了她所有代表性曲目。此外，中国唱片总公司还将北京电视台制作的专题片《金嗓歌王骆玉笙》，制作成激光视盘。这样既可聆听她演唱的声调，又可领略她表演的风采，深深受到广大观众的欢迎。

1985年，她在古稀之年，演唱了电视连续剧《四世同堂》主题曲《重整河山待后生》，一经播出就响遍华夏大地。由此，她荣获了"建国40年最令人难忘的歌曲"一等奖。1989年，她荣获中国首届"金唱片奖"。

《重整山河待后生》

二

我在1986年2月对骆玉笙的采访，并不是艺术方面的内容，因为当时这方面报道，实在太多了。我让她介绍了如何"健身",当我将这些内容写成专访在报纸、杂志发表后,在社会上引起广泛的反响。

当年,她已经70多岁了,其外貌与年龄颇为吻合:白花花的头发里挑不出一根青丝,脸上的肌肉已经松弛,前额刻下了几道浅浅的皱纹,背也有些微驼了。然而,其举止谈吐与年龄却很不吻合:说起话来思路清晰、头头是道,洪亮、清脆的嗓音分外动听,小巧玲珑的身材行动利落,步履轻快而有力。她每天都分外忙碌,可面容总是神采奕奕……

平日,不论什么人同骆玉笙一接触,都会顿时感到她是一位充满活力的"健康老人"。因为一些报纸杂志的记者采访她时,在交谈之中总免不了出现一段"小插曲":请她谈一谈保持身体健康的"诀窍"。久而久之,她尽管有些不耐烦了,仍然无可奈何地像背"台词"一样重复地述说……

骆玉笙的"诀窍",就是让大脑保持"素净",即排除一切忧虑,使情绪时常保持一种平和的状态。

她依靠"宽、甩、和、乐"这4个字,实现了这一目的。

"宽"——对同志宽厚。

人非草木,孰能无情?像任何人都会经常遇到不顺心的事情一样,她也不例外。每逢遇到这种情况,她就在不失原则的前提下,对别人采取宽厚的态度,这样不仅保持了团结,而且避免了许多的烦恼。

她太出名了,所以她的一些演出活动,有时会引起人们评头品足地议论,甚至出现一些不同的意见。凡是她认为正确、合理的意见,总是心平气和地表示接受,从来没有"失面子"的感觉;

照片左起：周永霞（骆玉笙儿媳）、骆玉笙、骆巍巍（骆玉笙孙女）、
骆嘉平（骆玉笙儿子）、赵魁英（骆玉笙丈夫）。此照片曾发表在
《人民画报》，摄于 1974 年，摄影者为《人民画报》记者。
图片由骆巍巍提供

如果她的想法被扭曲了，她也很少你一言、我一语地争辩，而是
沉默不语地保留意见，等到以后时机成熟了，再与人为善地进行
讨论。

"甩"——把风言风语甩掉。

她接触的人很多，与其中的大多数人都能保持着良好关系。
偶尔，个别的人也难免在背后对她进行不公道的议论。对此，她
总是以宽阔的胸怀泰然处之。

一次，一位朋友风风火火地赶到她的家里，带着不高兴的样

子,告诉她有人对一件事情,在背后说了一些对她不太公平的话。她听后脸上竟没有一点愠怒的神情,马上表明了态度:"我对自己做的事情问心无愧,如果当着我的面说,我就好好解释一下;如果不当着我的面说,我就等于没听见,不去管它!"然后,她就像往常一样又说又笑地聊天,似乎什么也没有发生。

"和"——对家人和气。

骆玉笙与《四世同堂》演员

她的老伴儿已经去世,当时家里有一个儿子、一个儿媳妇和一个孙女,儿子、儿媳都是教师,孙女在学校里读书。在日常生活中,从饮食起居到工作、学习,她处处为孩子们着想,尽力给孩子们"排忧解难"。对孩子们有些小意见,她能爽快地提出来;听到孩子们对自己有些小意见,她能很好地倾听。她深得孩子们的尊敬,儿子常说"妈妈好",儿媳常说"婆婆好",孙女常说"奶奶好"。

在这样一团和气的家庭里,找不到让她生气、着急的"媒介",她的心情总是分外舒畅。

"乐"——干能够带来快乐的事情。

她从生活经历中领悟到:经常让身体得到活动,总有一种舒服、轻松的感觉;经常让身体得不到一些活动,往往吃不甜、睡不香,浑身不自在。

她养成了坚持运动的习惯。每天黎明,太阳刚刚跃出地平线,东边天映满绚丽的红霞——这是她雷打不动的晨练时刻。她起床后匆匆走出家门,在马路两旁高大树木下散步。她双目平视,挺着胸,摆着手,甩开大步疾走……直到气喘吁吁,才不慌不忙返回住处。若不是"天公"变了"脸色",送来雨、雪、雹、风的天气,她决不轻易中止这一活动。

白天,她还有一项长年坚持的"特殊运动",就是做京戏舞蹈动作。她早年学过京戏,不仅精通唱腔,而且谙熟舞蹈动作。往常,她在室内看书、看报、练唱、谱曲……时间一长,精神有些疲倦了,她就抖一抖身体,表演起京戏中的种种舞蹈,那逼真的表演和潇洒的动作,蛮有京剧演员的翩翩风度。

她还喜欢写毛笔字。在她家的书房里,摆着一张写字台,"文房四宝"一应俱全。闲暇时,她就打开砚台,铺开宣纸,握起毛笔,伏在桌上工工整整地书写诗词、格言、警句……此时,她的心里只有俊逸的字体,其余的一切都抛到了九霄云外,心情非常安宁,非常愉悦。

骆玉笙知道,心理学和生理学的试验早已证明,情绪不好,就会引起内分泌功能的紊乱和免疫功能的下降,往往导致身体出现十几种疾病;而情绪良好,不仅可以促进健康,还可以促使一些疾病慢慢自愈。所以,一定要让情绪时常保持平和的状态。

在这方面,骆玉笙做到了,也为人们树立了一个榜样。

2002 年 5 月 5 日,骆玉笙走完人生的路程,享年 88 岁。她是一位"长寿老人",更难能可贵的是永远给我们留下了甜美的声音……

梅阡:情绪平和,太重要了

一

1986年11月,我先后两次采访北京人民艺术剧院著名编剧、导演梅阡⋯⋯

梅阡

梅阡,1916年出生于天津,是清代天津大文人梅成栋的后裔。早年,他相继毕业于天津市立师范学校和苏州东吴大学。1935年,他在天津市立师范学校学习期间,就组织"孤松剧团"进行演戏活动,并经曹禺亲自指导在我国第一次演出话剧《雷雨》。

自1938年起,他进入电影和戏剧界,先后在上海艺华影业公司、上海未名剧团等担任编剧、导演,曾编写 10 余部电影剧本,并导演一批著名剧目。

1941 年,由他执导的影片《魂断蓝桥》,表现了一位航空学校学生和一位舞蹈演员之间一段凄美爱情经历。他亲自为《魂断蓝桥》主题歌填词:"恨今朝,相逢已太迟,今朝又别离。水流幽怨,花落如雨,无限惜别离。白石为凭,明月作证,我心早相许。今后天涯愿长忆,爱心永不移……"这一脍炙人口的填词,一直被人们收入"佳句赏析"之列,被长期而广泛地流传。

新中国成立国后,他长期在北京人民艺术剧院担任编剧、导演,又改编和导演了多部名剧,在社会上产生深远的影响。

1957 年,他将著名作家老舍所写长篇小说《骆驼祥子》改编成话剧,一经公演就引起了轰动。《骆驼祥子》是一部优秀现实主义作品,描写了 20 世纪 20 年代军阀混战时期北京人力车夫的悲惨命运。老舍夫人胡絜青对话剧《骆驼祥子》作出这般评价:"同名小说中的祥子和虎妞,经过舞台艺术家的塑造,已经成了活灵活现的人物,名气很大,几乎达到内外城居民都知道的程度。"随后,她又

梅阡根据同名小说改编的话剧
《骆驼祥子》海报

发自内心地赞叹:"祥子和虎妞的舞台形象如此深入人心,说明话剧改编和演出取得相当了不起的成功。"老舍更是为话剧《骆

驼祥子》所取得成功而深受鼓舞,以至想给话剧《骆驼祥子》写个续集。话剧《骆驼祥子》成为北京人民艺术剧院的经典保留剧目。

二

1986年11月,我在采访梅阡时,他已年届70岁了。同他刚一接触,仅从外貌上看,感觉他充其量不过是一位进入花甲之年的老人。他那梳得整齐的头发又黑又亮,脸庞容光焕发,身材高大却举止灵便……他依然保持着炽烈的热情和充沛的精力。

梅阡告诉我,应中国电视剧制作中心的邀请,他当时担任电视连续剧《末代皇帝》的总导演,事必躬亲地过问各方面工作,费尽了心血。这一工作是非常紧张的:每天起早贪黑地工作十余个小时,抢拍一些镜头;这一工作又是非常辛苦的:隆冬在颐和园没有取暖设备的宫殿里拍摄有关情节,浑身冻得"透心凉",盛夏在故宫没有一棵大树的大院落拍摄有关场面,让火辣辣的太阳晒得"头顶冒油"。然而,他却始终能够以饱满的精神状态,蛮认真地投入到工作之中。

"梅阡为何能有这样健康的身体"——这很自然地成为我对他采访的话题。

梅阡认为:一是靠运动,二是靠作画,自己在运动方面表现"平平",而在作画方面却表现"突出"。

年轻时代,他曾就读的天津市立师范学校对体育十分重视,经常组织同学们参加各种各样的体育运动。在这种环境影响下,他也逐渐对体育运动产生了一定的兴趣。课余时间一到,他就和同学们一起来到操场上,尽兴地打篮球、打排球、跳高、跳远和练双杠等。但是,他的水平很一般,只是篮球打得好一些。

在上海艺华影业公司和上海未名剧团工作期间,他依然保持了打篮球的爱好,并与著名演员刘琼、舒适等组成"未名篮球队",利用闲暇时间,与其他一些业余篮球队进行比赛。

后来,他又开始一项新的运动——散步。在北京人民艺术剧院工作期间,他每天清晨骑着自行车奔往景山公园,钻进茂密的树林里,脚步不停地走近一小时,再沿原路折回。

然而,梅阡对待作画,却和对待运动大不一样。在作画方面,绝不只是喜欢,倘若说是成"迷"成"癖",一点儿也不过分。

三

他作画始于"文化大革命"初期。当时,他因撰写电影剧本《桃花扇》,受到4家中央报纸的公开点名批判。这样,他就过早地成为"暴露出来"的"死老虎",整日忙于"夺权斗争"的造反派对他失去了兴趣,他反而得到一时的"安宁",天天闲着无事可做。于是,他开始学习画中国画,主要画大泼墨的写意画。他躲在一间小屋里,操起画笔不停地画来画去……在寂寞的氛围中消磨着一天天的时光。

从这时起,他深深地爱上了作画。"文化大革命"结束后,他依然没有搁下画笔,一有空闲时间,就独自在家里专心致志地画起来。有时,他还登门向一些专业画家求教,同李苦禅、黄胄、

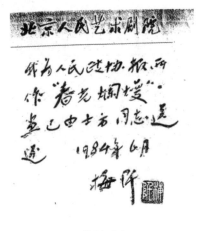

梅阡手迹

许麟庐、范曾等久负盛名的国画大师，都有过一些交往，甚至成为好朋友。经过持续不断的努力，取得长足的进步，也被称为"行家里手"。

当年，我在采访梅阡时，他作画的积极性更为高涨。每天凌晨5点半，不用听闹钟的铃声，也不用看挂钟的指针，他都能准时从沉睡中醒来。随后，他迅速地穿上衣服，匆匆洗漱完毕，就在卧室的桌子上摊开纸、砚和水彩，攥着画笔凝神屏气地画起来……随着画笔的不停移动，脑海里只有一幅幅美丽的图案，其他的一切几乎都一股脑儿地忘掉了。尤其画到得意之处，他的脸上流露出笑眯眯的样子，高兴得不知怎样才好。

光阴在不知不觉中度过，一个半钟头过去了，7点钟到了，他匆匆收拾一番，又到室外去散步……

在冬季，遇上恶劣的天气，他停止了散步，也不停止作画。凌晨5点半一到，任凭屋外的西北风发出阵阵呼啸，他也要钻出暖融融的被窝，把衣服穿好，认认真真地画一阵子。

平日，只要举办国画展览，他都想方设法去观看。他在北京工作，夫人丁至云是天津京剧团著名演员，两口子在北京和天津都有住房，而经常举办国画展览的北京美术馆和天津艺术博物馆，也就自然而然地成为他和夫人经常光顾的地方。一次，天津艺术博物馆从浙江省有关部门借来80多幅国画大师吴昌硕的作品,举办了一次画展。梅阡分外珍惜这一难得的机会,每天上午9点就和夫人急急忙忙地赶到那里,一幅幅地欣赏,临近中午才余兴未尽地离去……这一次画展,他和夫人居然一连去了5次,从中深深受益。

梅阡的作品,功底并不浅。他的作品以花卉为主,包括飞雪中盛开的梅花、寒霜里傲放的菊花和妩媚的月季花、娇艳的牡丹花、挺拔的竹子……有的作品,以其清新、别致画面,博得一些著名画家的赏识。

作画对于梅阡有何好处呢?他做出这样的回答:"有人说作画等于练气功,我是非常同意的。作画的时候,精神集中,别无他念,情绪进入平和状态,这对身体的健康太重要了。我每天清晨作画以后,心情特别

丹心谱

好,身体也很舒适。我长年坚持作画,身体得到了许多的好处。"

2002年2月,梅阡以86岁高龄辞世。到了2016年,是梅阡百年诞辰的日子,北京人民艺术剧院在首都剧场举办了"纪念梅阡百年诞辰图片展",同时将由他改编的话剧《骆驼祥子》再度搬上首都剧场的舞台。自1957年起,经过一代代人复排,话剧《骆驼祥子》已经演出300多场,而每次复排大家都有这样的感

受:"梅阡的改编太好了,他把老舍文学化的语言糅合成舞台的语言,完全突出了话剧的特点,同时在很多时候把小说中分散的部分,做了戏剧化的集中,让其成为特别出彩的片段。"这次在首都剧场的演出,像以往的演出一样,很早就把票售罄,出现一票难求的局面。

这是对梅阡最好的怀念!

赵子岳：对人总是有求必应

一

　　1986年7月中旬，我在北京电影制片厂职工宿舍，采访了著名表演艺术家赵子岳。

　　在我青少年时期所看过的电影中，由赵子岳所饰演的角色太多了！我清晰地记得，在《水上春秋》中，他饰演车间主任；在《红旗谱》中，他饰演地主管家；在《青春之歌中》，他饰演老地主；在《停战以后》中，他饰演县长；在《烈火中永生》中，他饰演囚犯……在我看过几遍的喜剧电影《锦上添花》中，他饰演绰号"老解决"的老站长，小火车站和临近村庄的大小事

赵子岳

务,都难不倒老站长,都能在幽默、诙谐的气氛中得到解决,而老站长那和蔼、可爱的形象也深深赢得了观众喜爱。

后来,我又听说他是山西省古县人,出生于1909年6月,于1932年在杭州国立艺术专科学校肄业。1949年,他担任山西省剧协副主任时,赶上北京电影制片厂到山西省吕梁山区拍摄《吕梁英雄传》,借调他饰演农民康天成,后来他就调入北京电影制片厂。从1949年后的17年间,他先后在近30部电影中担任角色,除了在《锦上添花》中饰演一个主角以外,其余都是配角。但他认为,主角也罢,配角也罢,塑造人物形象的过程是一样的;主角、配角是相对而言,某个处于配角的人物,在某场戏中以这个配角为中心时,这个配角也就成为一时的主角。所以,他即使在演配角,也总是十分严肃、认真地对待,通过细节的表演和细腻的表情,赋予这个角色以鲜明的个性色彩。

"文化大革命"以后,他又参加了近10部电影和多部电视剧的拍摄……不论德高望重的导演,还是年轻有为的导演,只要请他在电影或电视剧中担任角色,哪怕是微不足道的角色,他在条件允许的情况下总是有求必应,也总是很卖力气,并且常能抓住一句话、一个动作,就把人物的性格活脱脱地表现出来。

二

我在采访他时,他已经77岁了,但外貌显得比实际岁数年轻许多。只见,他眉头舒展,容光焕发,嘴角总是带着笑意;背不驼,腰不弯,动作利落;记忆力蛮好,说话头头是道,条理十分清晰。

当时,他还承担着异常繁重的工作。这是他在半年之内的工作时间表:春节过后,在山西省榆次地区参加纪录片《黄金岁月》的拍摄,这部纪录片以他回家探亲的方式,反映该地区新中国成立后的巨大变化;紧接着,在山西省寿阳县参加了电视剧《尹灵芝》的拍摄,饰演老村长;5 月初,在蚌埠市参加了电视剧《朱元璋》的拍摄,饰演姓马的老地主;随后,在成都市参加电视剧《火火寻宝》的拍摄,饰演卖豆腐的老汉;6 月中旬,在北京市参加《新盖起来的大楼》的拍摄,饰演看房老头……

在山西省榆次地区拍摄纪录片《黄金岁月》时,他和摄制组工作人员坐着汽车,沿着黄土高原的蜿蜒公路到处奔跑,每到一个地方,最多只待上一两天,便又匆匆离去。这样只用 20 多天,竟然

赵子岳(右):中国史上的小人物王

跑了十几个县。起初,摄制组负责人担心他承受不住旅途的颠簸,总想把工作日程安排得宽松一些,可他知道后立刻摇头回绝,同时又诚恳地表示:"我的身体没有问题,再累也能顶住,要是为我个人影响整个摄制组工作进度,就太不值得了!"摄制组负责人看他态度坚决,也就只好作罢了。

赵子岳的身体好,是长年坚持锻炼的结果。

他借鉴了广播体操和其他体育锻炼的方法,自编一套健身操。清晨,他起床以后,在屋里铺上一块地毯,马上就生龙活虎般地练起来:身体站在两只方凳中间,双手扶在方凳上面,蹲下去,站起来,重复 50 次;扭动腰部,先向左,再向右,重复 50 次;摆动头部,依前、后、左、右的顺序进行,重复 100 次;身体坐在方凳上,不停地前倾,重复 50 次;身体直立,脚尖着地,蹲下去,站起来,重复 50 次;两只胳膊平伸,向两侧来回抡动,重复 50 次;身体坐在方凳上,双脚别住床的横木条,连续不断地后仰,重复 50 次⋯⋯半个小时过去了,他练完这一套健身操,才去洗漱、吃早饭,然后再去工作。

几十年来,赵子岳始终坚持练这一套健身操。间或,遇上特殊的情况,偶尔停止几次,他往往会产生一种无以名状的"别扭"感觉,浑身上下都不舒服。有的时候,他到外地出差,同几位伙伴住在一屋,如果自己在拂晓时分就"折腾"起来,而伙伴还在香甜的睡梦中,就会吵得伙伴不得安宁。怎么办呢?他悄悄起床之后,来到空荡而静谧的走廊、客厅、会议室或室外空地,像往常一样精神抖擞地练起来。

日子一长,大家都知道他的好身体就是这样"折腾"出来的,都对他十分钦佩。

1997 年 3 月 25 日,赵子岳以 88 岁高龄辞世。他在晚年仍拼命工作,又能这样长寿,实在难得啊!

必不可少的健身

　　健身，就是通过各种运动让身体保持健康。一个人要做事并且取得成功，必须依附于一个前提——要有健康的身体。倘若没有健康的身体，即使再有雄心，也往往有心无力，最终一事无成。经常挤出时间进行健身，可以让身体强壮，可以提高抵御疾病能力，还可以保持充沛精力……尽管这样占用了一些时间，却保持有更多的时间去做事，正如"磨刀不误砍柴工"。

叶圣陶:安排生活的"准确性"

一

　　1985年6月初,我在北京采访各界文化名人时,一心要去采访采访叶圣陶。

　　我对叶圣陶的初步了解,是20世纪60年代初上中学时,在课本中读到他的短篇小说《多收了三五斗》。这一短篇小说以上世纪30年代初江南农村为背景,描绘了一些农民在丰年遭到比往年更悲惨的厄运——忍痛亏本去卖米,表达了对他们的深切同情,预示着他们必然走上反抗的道路。

　　在以后的岁月里,我不断地去看更多的书,对叶圣陶有了更多的了解,以至禁不住地

叶圣陶

一九八〇年元旦为《解放日报》
题辞手迹

对他肃然起敬。他于1894年10月出生，是江苏吴县人。他长期从事文学创作，是我国五四新文化运动先驱者之一，也是当时主要文学团体——文学研究会中创作最有成就的作家，创作了我国现代文学史第一部童话《稻草人》、第一部长篇小说《倪焕之》，后来又创作大量小说、童话、散文、诗歌等，其中多篇作品被选入中小学课本。他长期从事编辑工作，先后主编和编辑多种重要文学、语文、教育刊物和几十种中小学语文教科书，并发现、培养和举荐一批作家，包括丁玲、巴金等。他长期从事教育工作，写下许多有关教育、教学的专论、专著和书简，在促进汉语规范化，即规范语法、修辞、词汇、标点、简化字和去除异体字等，见解独特，贡献重大。

1949年以后，叶圣陶曾任人民教育出版社社长兼总编辑、教育部副部长、中央文史馆馆长、民进中央主席、全国政协副主席等。

二

我来到北京东四一带一座四合院采访叶圣陶时，只是见到他的儿子叶至善，并得知他因病住进了医院。

叶至善是著名科普作家、优秀出版家，曾任中国少年儿童出版社首任社长兼总编辑，主持编辑 50 多种少年儿童刊物和图书，写下大量科普文章和书籍，获得宋庆龄开创的中国福利会颁发的

叶圣陶（左）和巴金

妇幼事业最高奖——"梓书奖"，并且是中国出版工作者协会评选的首届"伯乐奖"获得者。

于是，我对叶圣陶的"采访"，只好借助叶至善进行。我采访的其中一个话题，就是当年叶圣陶已达 91 岁高龄，是文坛的"老寿星"，为何这般长寿？

据叶至善讲述，叶圣陶的生活非常有规律：清晨 6 时半起床，听完新闻联播节目，开始洗漱、吃早饭，中午 12 时吃午饭，下午 1 时午睡，晚上 6 时吃晚饭，晚上 10 时入睡；其余的时间则用来看书、写稿、会客或参加其他社会活动。尤其是起床、吃饭、午休和入睡，他都"严格"地在规定时间里去做，"准确性"达到惊

巴金拜访他"一生的责任编辑"叶圣陶先生

人的程度,前后竟然不会相差几分钟。

他平时没有参加体育运动的习惯,但对运动的重要性却有一定的认识。他知道,弹簧绷得太紧就要断裂,只有一张一弛,才能保持弹性;人也是一样,身体总是一味地工作而不注意调节,非但不能长寿,甚至还会早早离世。他采取的唯一办法,就是坚持散步。

从很早的时候起,叶圣陶就养成散步的嗜好。他经常整天坐在写字台前写作、看书,如果感到身体疲惫了,就不再"硬性"干下去,而是起身向屋外走去,沿着小巷溜达一阵子,觉得身体和精神都舒服一些了,再回到写字台前……一天,他总要这样走几趟。

到了晚年,他住着一套四合院,院落很宽敞,树木和花卉间铺着一条小径。他在工作之余,总要挤出一点时间,在小径上踱来踱去。到了寒气袭人的冬天,他就很少再到院落里去,终日在书房干些事情,累了就在地板上走起来,久而久之,地板上的油漆被磨出道道痕迹。

臧克家:"一日两走"

一

1986 年 10 月,我在北京采访了著名诗人、作家、编辑家臧克家。

我在上中学时就知道,于 1957 年 1 月 25 日出版的由他主编的《诗刊》杂志创刊号,首次刊登了毛主席的 18 首诗词,并同时刊登了毛主席写给他和 6 位编委亲笔信的手迹。《诗刊》创刊号一问世,广大读者就排队争相购买,成为那年春节前街头的一道盛景,也成为我国文坛的一段佳话。

我还知道,他于 1949 年 11 月 1 日写了一首短诗《有的人》,是为纪念鲁迅先生逝世 13 周年而写

臧克家

的,抒发了他对鲁迅先生的敬仰和对人生意义的思考。《有的人》中的两行诗句,已作为名言广为流传:"有的人活着,他已经死了;有的人死了,他还活着。"这首短诗以深刻的思想内涵,启迪人们"为了多数人更好地活着而活着",并在社会上一代代传颂,不知影响了多少人!

臧克家生于1905年10月,山东诸城人。他的一生,有着70多年的创作历程,时间之长,成果之丰,实属罕见,堪称我国现代和当代的"诗坛泰斗"。2000年1月,他荣获"中国诗人奖——终生成就奖";2002年12月,他荣获国际诗人笔会颁发的"中国当代诗魂金奖"。2002年《臧克家全集》出版,共12集,有新旧体诗歌,也有散文、评论、随笔等,记录了他为我国文学事业所做的不可磨灭的贡献。

二

我于1986年10月采访臧克家时,他已经81岁了,家住东城区南小街赵塘子胡同一座四合院里。刚一见面我就发觉,他身材瘦削,面容清癯,皱纹浅显、稀疏,说话嗓音颇大,犹如铜钟一样浑厚,还不时发出爽朗的笑声……倘若只看他的容貌和谈吐,很难相信他是年过八旬的老人。

当时,他还在过着忙碌的生活:整理《臧克家全集》5至6卷书稿,还不断为报刊撰写诗歌和其他文章;每天浏览十几种报刊,并不时翻阅有关书籍;不断接待各界朋友、来访者。

然而,出乎人们意料的是,他自年轻时就身体不好,甚至还一度生命垂危……而眼下他在年过八旬之后,为何还能身体力行地做许多工作呢?

臧克家全集

是长年不断的走路,给他以新生。

我在采访中得知,他一生中有过两次难忘的经历……

在抗日战争时期,他一度严重失眠,整天头昏脑涨,四肢乏力,面容枯槁。后来,他与一位作家徒步从襄樊奔往重庆,白天迎着朝阳出发,晚上寻觅小村庄留宿。每天,他都不停地走呀、走呀,翻过一座座山,越过一道道水,皮肤晒得黑里透红,脚板磨出厚厚的老茧。经过长途跋涉到达重庆之后,他的身体居然得到康复,睡觉香了,吃得多了,脸上泛出红光。

——这是他的第一次难忘的经历。

1959年,他在担任《诗刊》杂志主编期间,由于操劳过度,患了严重肺结核病,医院向家属下达了病危通知书。后来,经过全力治疗,他总算脱离了危险,但身体虚弱不堪。出院以后,他一边打太极拳,一边坚持散步,每天必须走两个小时。经过一段时间,他的体质逐渐得到康复,又重新投入工作之中。

——这是他的第二次难忘的经历。

在以后的岁月里,不论生活发生什么变化,他都保持“走”的习惯。每天,太阳还未跃出地平线,他便从家里出来,迈开双

老年臧克家

腿走一小时；太阳西沉了，残辉渐渐消尽，大街小巷变得迷迷蒙蒙，他又从家里出来走一小时……这"一日两走"的做法，成年累月不间断，春、秋自不必说，还坚持做到了"夏走三伏，冬走三九"。

就这样，从我采访的那年起，他又走过 18 个年头，活到 99 岁，是一个"老寿星"啊！

萧军:有文事者必有武备

一

1986 年 7 月中旬,我在北京采访了著名作家萧军。

萧军生于 1907 年,辽宁锦县人,一生著述很多,其代表作是在 30 年代创作的长篇小说《八月的乡村》,并以此奠定了他在中国文学史上的地位。这部风靡一时的长篇小说,控诉了日本帝国主义侵略东北三省的累累罪行,向广大人民发出奋起抗战的呼唤。鲁迅先生对这部长篇小说给予高度评价,特意作了序言。他在序言中写道:"作者的心血和失去的天空,土地,受难的人民,以至失去的茂草、高粱、蝈蝈、蚊子,搅成一团,鲜红的在读者眼前展开,显示着中国的一份和全部,现在和将来,死路和活路。"他这样认为:"我却见过几种讲述关于东三省被占的事情的小说,这《八月的乡村》,即是很好的一部"。

萧军是行伍出身。1925 年,他刚 18 岁就怀揣报国志向开始军旅生涯,曾考入东北陆军讲武堂。然而,兵营内部的黑暗,很快让他失望和厌恶,随后就弃武从文,走上文学创作的道路。

20 世纪 30 年代,他与作家萧红流落上海,有幸与鲁迅先生结识。当时,在鲁迅先生所接触的东北作家群中,萧军和萧红所得到的恩泽是最多的。鲁迅先生对他俩给予了充分的信任,无私的关怀和竭力的提掖,这是为什么?这与他俩的坎坷境遇分不开,更与他俩的出众才华分不开,鲁迅先生是从革命文学事业的需要,从造就革命文学事业新人的出发点,才这般热情地去做的。

1940 年 6 月,萧军到达延安,曾经担任"延安鲁迅研究会"主任干事,与丁玲等人轮流主编《文艺月报》,参加了在杨家岭中共中央大礼堂举行的"延安文艺座谈会",并做了"关于当前文艺诸问题"的发言。在延安的日子里,他经常与毛泽东见面畅谈,从中深深受到教益。

抗战胜利后,他到东北工作;新中国成立后,他又回到北京工作。他在"反右"斗争开始后的 1958 年受到批判,又在"文化大革命"中受到迫害。1981 年,给他做出平反的结论,推翻了强加给他的种种罪名。

二

1986 年 7 月中旬,我在北京后海一带的一座四合院采访萧军时,他已达 79 岁高龄。只见,他留着短短的小平头,银白的头发像一根根钢针似的直立,两只眼睛放出咄咄逼人的光亮,说话的声调非常干脆,时时给人一种强悍的感觉。他的身材不高,大腿和双臂显得很粗,肚子也明显突起,可行动十分灵活,哪里像一位老人啊！

萧军告诉我，他依然能够动作利落地打拳、舞剑和远足，同时伸直双腿后一弯腰就能用手摸到脚尖。他的食欲相当好，饭量和中年人相差无几，凉、热、硬、软的食物，都吃得津津有味，也能很好地消化。多年以来，他很少生病，几乎没有尝过吃药的滋味。在北京的老作家中间，他向来以"身体好"而著称。

这是因为身为文人却是行伍出身的萧军，感到早先的文人都是文武不分，能文可为官，能武可带兵，所以他也始终不丢行伍出身的本色。"有文事者，必有武备"——这是萧军崇尚的名言，也是他一生性格的写照。

在东北的家乡，他从11岁起就开始练武术。后来，他到长春求学，听说一位叫段金桂的江湖艺人，武功颇好，名气很大，于是几经周折投拜段金桂做了师傅。在紧张的学习生活中，他经常挤时间到段金桂的住处，跟段金桂一招一式地练起来，总是练到筋疲力尽才罢手。随着时间的推移，萧军先生练过长拳、形意拳、八卦拳，也练过刀、枪、剑、戟，其中练剑一项就有龙形剑、达摩剑等十几套。同时，他还经常练习对打。他与师兄面对面地站在一起，大喝一声，便赤手空拳地较量起来。他们各自盯着对方的破绽，时而猛烈击拳，时而迅速踢腿，时而主动进攻，时而被动防守……互相都经常被打得鼻青脸肿，遍体鳞伤。他左手微微弯曲的无名指再也不能伸直——这正是他当年在充满"厮杀"气氛对打时留下的痕迹。

在以后的岁月里，不论是在军队过戎马生活，还是弃武从文搞文学创作，他一直迷恋着武术，一天也不间断地练武术。有时候,他伏案奋笔写作,从阳光灿烂的白天,写到繁星闪烁的深夜,才逐渐收笔。在这种情况下,他依然坚持到院落里打一套长拳,然后再上床就寝……

<h1 style="text-align:center">三</h1>

20世纪50年代初,萧军在北京后海一带定居后,更钟情于武术。每天清晨,他沿着后海边的林荫道,一口气跑到北海公园,选择一处僻静的地方,踢腿、打拳、舞剑……一练就是两个小时。间或,他还要进行"力量"方面的锻炼,将木棉袋子、气球等挂在树枝上,挥舞两只拳头,不停地打来打去,直到打得汗流满面。

"文化大革命"中,萧军在劫难逃,与老舍、骆宾基、荀慧生等28名"牛鬼蛇神"一起被关进国子监,遭到无情"专政"。一批批的红卫兵,不分昼夜地让他们交代"罪行",他们稍有怠慢,立刻就会受到严厉惩罚;长时间弯腰自省,脖颈被吊砖块,饱尝一顿拳打脚踢。萧军也吃过这样的皮肉之苦。就他的武功而言,一个人对付十余人,完全不成问题,他想还以颜色,但又感到红卫兵都只是受蒙蔽的天真孩子,责任不在他们身上,也就只好默默容忍了。一天,他被拉去"劳动改造"——往大卡车上搬麻包。两个造反派只搬了3只麻包,就累得气喘吁吁,干脆甩手不干了。他只身一人接连搬了二十多只麻包,也没有显露出疲惫的样子,在一旁的造反派看得目瞪口呆,不由得对他产生"畏惧"的心理。一次,一个造反组织要对他进行揪斗,他实在忍无可忍了,额头直爆青筋,周身的血管仿佛要炸裂一样。他一字一句地说:"要是有谁对我进行人身侮辱,我就和他同归于尽!"这样,竟把一群造反派"镇"住了。从此,造反派知道行伍出身的萧军不是随意捏的"软柿子",对他的态度反而温和起来……

在我采访萧军时,他虽然锻炼不止,却根据年龄的变化改变了方式。他每天清晨四五点钟起来,随后来到后海岸边,只做一些适当的武术动作,一是活动腿,弯腰用双手摸脚;二是活动背,左右不停地拉臂;三是活动头,左右不停地转动脖颈;四是活动腰,左右不停地扭动腰部。紧接着他就悠然地在后海岸边走来走去……在其余时间里,他就看书、看报、写字、下棋、会客……生活安排得堪称丰富多彩。

1988 年 6 月 22 日,萧军溘然长逝,享年 81 岁,他给人们留下了文学的杰出成就,也留下了"文武兼备"的独特作家形象……

袁静:有不愿动也得动

一

20 世纪 70 年代末期和 80 年代中期,我与著名作家袁静多有接触,并给她写过新闻专访。

袁静于 1914 年出生在北京,1935 年就加入中国共产党,1940 年奔赴延安到陕北公学学习,随后一直从事文学创作。

袁静

袁静给我们留下令人难以忘怀的作品:

1945 年,她在延安创作秦腔剧本《刘巧儿告状》,到了 1956 年被改编成评剧《刘巧儿》,由著名表演艺术家新凤霞主演,并由长春电影制片厂拍成电影。这是一部追求自由恋爱、反对包办婚姻的影片,一经上映就风靡全国。

1949 年,她与孔厥共同创作长篇

小说《新儿女英雄传》，一时名噪中国文坛。这部长篇小说以冀中白洋淀地区为背景，反映了当地老百姓成立"雁翎队"与日寇进行艰苦卓绝斗争的事迹，写活了在革命战争年代成长起来的新一代英雄儿女，在社会上引起轰动。1951 年，北京电影制片厂又将《新儿女英雄传》拍成电影。几十年过后的 2009 年，上影集团又将《新儿女英雄传》拍成了 30 集电视剧。这部长篇小说以特有的魅力，影响着一代又一代热血青年。

袁静还以作品高产而著称：1951 年，她与孔厥共同创作中篇小说《中朝儿女》；1954 年，她先后创作电影文学剧本和长篇小说《淮上人家》。"文革"期间她不得不搁笔，后来又常有新作发表，长篇小说《伏虎记》是她在 20 世纪 80 年代创作的主要作品。1981 年以后，她主要从事儿童文学创作，先后有多部作品问世，其中科普童话《众英雄和小捣蛋》《芳芳

袁静的著作《众英雄和小捣蛋》

和汤姆》获天津市鲁迅文艺优秀作品奖，儿童小说《小黑马的故事》获全国第二届少儿文艺创作一等奖。

二

袁静出身名门,父亲袁励衡是颇有影响的银行家,姐姐袁晓园则是一生颇多传奇的爱国华人。袁晓园青年时代只身赴法勤工俭学,在 20 世纪 40 年代成为中国第一位女外交家。70 年代,她作为著名美籍华人,第一个率团访华,受到周恩来总理和邓颖超的亲切接见。80 年代,她怀着强烈的爱国热情,毅然放弃美国国籍,回到祖国定居北京。她善书画,工诗词,一生潜心学问的研究。

回国后,她在汉字改革上创立"袁氏拼音方案",通过在几年小学和幼儿园进行实验,能够让汉字达到"见字能读,会说即写"的程度。

袁晓园曾于 80 年代初到天津访问,袁静与她的丈夫、时任副市长娄凝先,将袁晓园接到家中,进行了热情的招待。当时,我作为《天津日报》记者,对袁晓园进行采访并及时做了报道。我清晰地记得,袁静见到袁晓园,亲热得总是面带笑容,并亲自动笔写了一篇通讯《袁晓园和她的汉字改革》,由我转送到报社,很快就在突出位置发表了。这让袁静和袁晓园格外高兴。

三

我在 1985 年 7 月初对袁静的一次采访,让我一直铭记于心。当年,袁静已经 71 岁了。她的头发很少银丝,面孔虽布满皱纹,却显现一副精神焕发的神态。她擅长辞令,每逢谈起话来,抑扬顿挫的语调充满了感情,还不时夹杂诙谐的玩笑,给人爽朗的感觉。

让我惊讶的是,她依然每天工作 8 小时以上,有时甚至达到十三四个小时,但身体又非常健康,几乎没什么疾病。

当我问她为何这般健康时,她没有直接回答,而是谈起她早先的经历:以往,她对参加体育锻炼的热情并不太高。到了 20世纪 70 年代中期,她的身体渐渐发胖,由此产生了严重的“思想负担”。她的个头不高,体重却一度达到 150 多斤,浑身长满宽松的肉,肚子也高高隆起。平日,她的手脚已经不大灵便,连下楼梯都感到两腿一阵阵发软。她采取了许多“减肥”的措施:停止喝牛奶,停止吃肉,只吃一点点鱼,每天饮食以五谷杂粮和青菜为主;严格控制食量,每天最多吃半斤粮食,吃饺子时最多吃十几个……可是,身体仍不见消瘦。后来,她听说将身体齐脖根泡在 40 摄氏度的苏打水里,可以慢慢地减轻体重,就蛮认真地试了一阵子,也没见到明显的效果。

这时候,她开始意识到参加体育锻炼的重要性。

袁静向我介绍:从那时起,她就挤出一些时间开始打太极拳和练单剑。每天,她都“闻鸡起舞”——凌晨 5 时起床漫步到住宅附近的公园里,或是慢条斯理地打太极拳,或是动作麻利地练单剑。

盛夏时节来临了,她还要去游泳。起初,她只是不断到游泳池里泡一泡水,并没有认真地练习。然而,“熟能生巧”——经过一段时间,她竟然学会了蛙泳、仰泳。从此,游泳成为她喜爱的一项体育运动。

在一泓碧水的游泳池里,她兴致勃勃地跃入水中,时而蛙泳,时而仰泳……一口气能游 200 多米。

从 1984 年起,袁静又开始练"龙凤双剑"。

每天清晨,她来到绿树掩映、小径蜿蜒的佟楼公园,跟一位姓张的退休工人学练这一套剑术。谁知,这一套剑术共有 209 式,动作相当复杂,活动量相当大、太难学了。她连续学了一个多月,还是经常把招式弄混,一度想打"退堂鼓"。经退休工人再三鼓励,她克服了动摇情绪,又坚持学下去。为了记住所有的动作,她特意准备了一个小本子,将动作的暗号一一记在上面,一时忘记了某个动作,就翻一翻小本子。这样过了两个多月,终于可以娴熟、自如和连贯地练起这一套剑术。

她的身体尽管很胖,但舞起长剑却很洒脱,两只长剑握在手中,迅疾晃动,银光闪闪,不时发出"嗖嗖"的声响……不消一刻钟,她就喘起粗气,豆粒大的汗珠从两颊滚落下来。待到练完这一套剑术,她的衬衣总是浸透了汗水,再也不愿动弹。

有时候,天空乌云密布,雨水稀稀拉拉地下个不停,不能到佟楼公园练"龙凤双剑",她就在书房里练一阵子。不过,为了避免长剑碰坏家具,她只好把双剑换成两根短木棒,舞"剑"变成了舞"棒"。可是,她那刚柔相济,变化万千的动作,仍不失舞"剑"的翩翩风度。

正是体育运动,使她的身体保持健康。

袁静向我讲完这些经历,最后深有感触地说:动则不衰,不动必衰;越是经常运动,就越能增强体质,而身体发胖肯定导致体质的下降。总之,愿意动就去动,不愿动也得动!

袁静于 1999 年去世,享年 85 岁。她晚年在那么紧张的工作状态下写作,还能那么长寿,完全得益于体育锻炼。

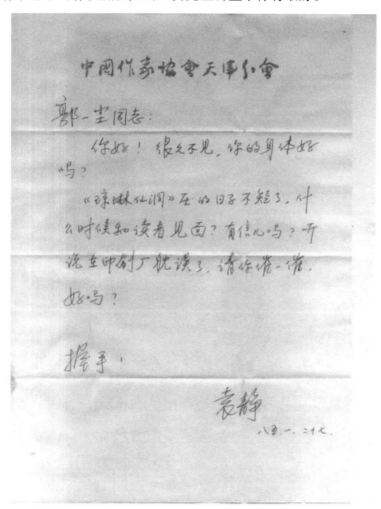

袁静手书

李霁野:从年轻体衰"走"到年老体健

一

　　1986 年底,我在天津大理道一处寓所采访了李霁野——他是著名翻译家,是著名作家、诗人,也是鲁迅先生的学生和战友。

李霁野

　　李霁野于 1904 年出生,安徽霍邱县人,曾在阜阳第三师范学校就读,又于 1923 年到北京崇实中学就读。1924 年,他翻译了俄国著名作家安德烈夫的长篇小说《往星中》,这是他翻译的第一部文学作品,由鲁迅先生创办的未名社出版,以此与鲁迅先生结识,成为未名社成员,并在鲁迅帮助下进入燕京大学就读。

　　1930 年,他在天津河北女子师范学校任教;1938 年,他在北京辅仁大学任教;1943年,他在重庆白沙女子师范学院任教;1946年,他在中国台湾编译馆工作。

1949年4月,他重新返回天津,到南开大学任教,从此就再也没有离开。在天津期间,他曾长期担任南开大学外语系主任,也曾担任天津市文化局长,并于1982年当选天津市文联主席。

李霁野从青年时期就开始发表作品,著有小说集、散文集、诗集、杂文集和文学理论专著。他还翻译了大量外国文学名著,其中最为著名的就是1934年翻译的俄国著名作家陀思妥耶夫斯基长篇小说《被侮辱与被损害的》、英国著名作家夏洛蒂·勃朗特自传体长篇小说《简·爱》。

李霁野的译著

陀思妥耶夫斯基是19世纪俄国杰出的批判现实主义作家,与托尔斯泰一起被誉为俄国文学的"两大柱石"。他所著长篇小说《被侮辱与被损害的》,反映了俄国农奴制崩溃时期,冒险家和骗子华尔戈夫斯基亲王,同被他侮辱和损害的人们之间的尖锐冲突,对黑暗社会进行了无情的揭露。这一部具有世界影响的作品,当时在中国出版后,引起了很大的反响。

夏洛蒂·勃朗特所著自传体长篇小说《简·爱》,反映了英国一个从小成为孤儿的女子,在各种磨难中不断追求自由和尊严并最终获得幸福的经历,成功地塑了一个敢于反抗、敢于争取平等地位的妇女形象。当年,《简·爱》一经出版就受到广泛的欢迎,于1935年被列入《世界文库》。

二

李霁野在与鲁迅先生的交往中,最为重要的就是于 1925 年至 1931 年在未名社的这段经历,虽说前后只有 6 年,却是他最难忘的岁月,给了他坚持走文学之路的强劲动力。

未名社以鲁迅先生为旗帜,以韦素园、曹靖华、韦丛芜、台静农和李霁野为主要成员。未名社创办不久,由于韦素园病倒,正在燕京大学就读的李霁野,不得不放弃继续学习报考研究生的机会,担任了主要负责人,挑起支撑未名社的重担。在鲁迅先生领导下,他做了大量编辑、印刷、出版和发行等工作,出版了 20 几种书刊,坚持编印了 6 年左右的半月刊,其中《莽原》48 期、《未名 24 期》。

在鲁迅先生日记中,关于未名社的记载多达 340 条;在鲁迅先生书信中,致未名社成员信函达 212 封,其中致李霁野的信函就达 53 封。鲁迅先生对未名社坚持进步方向是充分肯定的。

在李霁野一系列著作中,他所著散文集《回忆鲁迅先生》、《鲁迅先生与未名社》和杂文集《鲁迅精神》等,充分表达了他对鲁迅先生的敬仰、敬佩和深切怀念。

李霁野是天津设立"鲁迅文学奖"的倡导者,但他一直拒绝接受此奖。他说:"对鲁迅先生,我是尊敬的,对用他的名字设立文学奖金,我自然以能配得到为荣;但若觉得受之有愧,那就于心不安了。"后来,经过几番劝说,他才在 1993 年接受下来。这年 4 月 6 日,天津市有关领导为他颁发了"鲁迅文学奖",表彰他多年来遵从鲁迅先生教诲从事革命文学事业的功绩。他当场立刻将"鲁迅文学奖"的奖金，捐赠南开大学用作助学基金。

三

我在1986年底采访李霁野的那一天，尽管太阳当空，但西北风狂啸不止，天气十分寒冷。离他所住寓所不远处的睦南公园，树木的枯枝被吹得来回"打颤"，草坪的枯草被吹得瑟瑟"发抖"，园内一片空荡荡的。这时，他头上戴着绒线帽子，身上穿单薄衣服，沿着园内的弯曲小径，不停地走来走去，一直走了近1个小时才匆匆离去。

我来到他的寓所，他也刚好回来，只见他的两颊微红，嘴里不时呼出雾一般的热气，没有一丝一毫的寒冷感觉。

当年，他已经82岁了，我对他的举动有些不解，于是就忍不住地发问："这么冷的天，您怎么还出去呀？"

"我每天都出去散步，不论遇上什么天气也不会停，已经坚持几十年了。"他一边回答，一边向我讲起通过散步进行健身的经历……

1923年，李霁野在北京崇实中学就读时，由于不注意锻炼身体，体质不断下降。一次，学校请来医生为同学们检查身体，一位医生反复查看了他身体各个器官，感到不少器官功能很差，下了断言，他的身体不好，很难长寿，恐怕只能活到40岁。也许是年轻的缘故，他听了这话并不介意，也没背上什么思想包袱。他想："自己年龄不大，离40岁死去还有不少年，由别人去说吧!"因此,他照旧像往常一样生活。

1925年,李霁野在未名社期间,未名社成员的工作都十分紧张。由于终日劳累,韦素园一下子病倒了。无奈之中,李霁野和其他成员只好承担更多的工作,累得疲惫不堪。韦素园的病倒给李霁野的思想敲响了警钟:身体不好,即使有凌云壮志,也将一事无成;身体健康,才能为国家和民族干一番事业。自己从小体弱,现在可不能忽视身体了,要想办法锻炼身体!

于是,他开始散步,并以一种高度自觉性,持之以恒地坚持下去……

1930年,李霁野来到天津河北女子师范学校任教,一面教书、一面译书,每天都抓紧点点滴滴的时间工作。这时候,他没有忘记锻炼身体,每天都挤出时间去散步。河北女子师范学校坐落在天纬路,距离北宁公园不算太远。中午,他在宿舍小憩一会儿,就到外边去散步:走出校门,穿过中山路,进入北宁公园,再从原路返回,时间总是1小时左右。每逢飘起漫天飞雪,他的兴致就更加高涨,踏着路上厚厚的积雪,别有一番情趣。

1938年,李霁野到北京辅仁大学任教,依然过着一面教书、一面译书的紧张生活,同时依然坚持散步。他与家人住在白米斜街一套四合院的房子里,紧靠北海公园。每天睡完午觉,他就去"游览"北海公园,一进大门就飞快地行走,把一个个游人甩在身后,直奔高耸的

台静农兄弟台川泽致李霁野
信札一通三页带封

白塔，一口气爬上去再爬下来，然后再大步走出大门，回到自己的家中。每次"游览"归来，他都气喘吁吁，身上还淌着汗水。

1943年，李霁野到重庆白沙女子师范学校任教，这里是起伏不平的丘陵地带，出出入入都要走坡路。另外，天空总是布满铅块一般的阴云，下着滴滴答答的雨水，一连数日不见阳光。环境变了，他的散步习惯却没有改变。每天午后和晚间，他便在坡路上踱来踱去，每一次都要足足"消磨"一个小时。遇上下雨的天气，他就穿上雨鞋、打起雨伞，衣服溅上泥水也毫不在意。

自从有了散步的爱好，他的瘦弱身体仿佛有了"保健大夫"，多年以来几乎从不患病。他的身体并不强壮，却保持着健康——这正是散步带来的莫大好处。

四

天津解放以后，李霁野于1949年4月重返天津，到南开大学外文系工作。随着时间的推移，他的工作不仅是教书、译书，还要担任许多行政职务，参加名目繁多的社会活动，出席各个部门会议，接待国内外客人……他的生活变得忙乱而没有规律，不时"冲击"午睡，午后的散步也常常不能坚持。即使如此，他还是时时不忘散步。每天，不论什么时间，只要有一点儿闲空，就趁机到外边走一阵子。间或，他可以过一段平静的、有规律的生活，更是散步不止，每天中午和傍晚，都要在南开大学景色清幽的校园里走来走去，走满一个多小时。

"文化大革命"中，李霁野同其他老知识分子相比，算是十分幸运的,仅在"牛棚"关了 8 天,就被放出来。当时,他的教书、译书工作中断了,一切行政职务都被撤销了,每天在校园里参加一些体力活动。然而,散步已经成为生活中不可舍弃的内容,他在劳动之余,依然抽出一定时间在校园里快步行走……

我在 1986 年底采访李霁野时,他住在大理道一处寓所,正在安度晚年,仍坚持以散步锻炼身体。每天午睡以后,他从寓所走到睦南公园,在园内走来走去,近一个小时后才回来。如果只看他的走路,步履又轻又快,很难相信竟是一位 82 岁的老人。

更为可贵的是,他还在满腔热忱地工作,不论上午、下午,还是晚上,都抽出一定时间,整理《李霁野文集》的文稿,一共 14 卷,大约 400 多万字——这是他一生辛勤劳动的结晶。

这不禁让我产生深深的感慨:当年,医生曾断言他"只能活到 40 岁",而眼下他已经 82 岁了,还是这样健康,还在这样工作,这无疑就是散步的不可磨灭的"功劳"啊!

我将这次采访的内容,以《五十余载不停步》为题写了一篇文章,收入我著的《名人健身集粹》一书中。

1997 年 5 月,李霁野在天津去世,享年 93 岁。在人们心目中,他是一位德高望重的著名学者,也是一位老寿星!

蒋子龙:结缘体育之妙

一

　　我与著名作家蒋子龙的交往,在会议上,在活动中,在聚会里,不知有过多少次,但给我留下很深印象的一次,是在 1985 年初夏对他的一次采访——这次采访的主要内容,不是文学方面的,而是体育方面的……

　　当然,我对蒋子龙的认识,无疑是从文学开始的。他出生于 1941 年 8 月,河北沧州人,1958 年到天津求学、做工并成为专业作家。大约 1978 年初,我在《天津师院学报》理论组干编辑时,他还不到 40 岁,就已是"重量级"作家,屡有佳作问

蒋子龙

世,其中发表在《人民文学》的短篇小说《机电局长的一天》,在全国引起强烈反响。当年,我的同事——《天津师院学报》文学组编辑、著名文学评论家夏康达,是蒋子龙的好友,与他交往甚密。夏康达和夫人都是上海人,夫人做上海菜很拿手。一天,夏康达请蒋子龙到家里吃上海菜,让我与另一位青年编辑作陪,这是我初识蒋子龙,而与他刚一见面,就顿生一种肃然起敬的感觉。

1978年底,我调到《天津日报》干记者时,蒋子龙又在《人民文学》发表短篇小说《乔厂长上任记》,再次在全国引起强烈反响。这篇作品揭示了新时期经济改革的种种矛盾,剖析了不同人物复杂的灵魂,塑造了一位敢于向不正之风挑战、敢于勇挑重担并具有开拓精神的改革者形象,成为改革文学的开山之作。这篇作品刚一发表,就在社会上引起争议,我所在的《天津日报》内部也是如此。然而,对这篇作品占主流的意见,则是肯定,是支持,是赞誉,并被公认为新时期中国文学的一个里程碑。

我清晰地记得,我在1978年初夏对蒋子龙进行采访时,他几乎成为获奖的"专业户":《乔厂长上任记》《一个工厂秘书的日记》《拜年》,分别于1979年、1980年、1982年获全国优秀短篇小说奖;《开拓者》《赤橙黄绿青蓝紫》《燕赵悲歌》,分别于1980年、1982年、1984年获全国优秀中篇小说奖。

到了后来,他所写的作品就更多了,既有中、长篇小说,又有散文、随笔、回忆录等,据说已出版近百本书,可谓硕果累累!

当时,蒋子龙也有很高的人气。他每到一个地方,不论大大小小的领导,还是社会各界人物,都特别认可他,并不约而同地说出这样的话:"我们是看您的作品长大的。"其中,有的人能复述他的作品章节,有的人能列举他的一串作品名单,有的人带着他写的书请求签名,有的人要求与他合影留念……他以自己的名气赢来人们一片尊重。

做客海南大学名家讲坛

二

我在 1985 年初夏对他的那次采访,是在他的家里——芥园道上一栋住宅楼的单元房里进行的。他给我的印象是,他的脸总是那么"严肃",往往觉得不太容易亲近。但与他交谈起来,顿时就会觉得他挺幽默,挺可亲,挺热心肠,"严肃"的外表下掩藏一颗正直的心。

当时,我正为《今晚报》体育版"名人与体育"栏目撰写专稿,所采访的主要内容,也就自然从他参加体育锻炼谈起……

我在采访中得知,20 世纪 50 年代,他上中学的时候,就酷爱体育运动。他虽然年龄还不太大,但身材已经又高又大,浑身长满隆起的肌肉,显示出男子汉强悍的气质。在校篮球队,他是一名主力队员,以弹跳好、动作灵巧和投篮准确而著称,几乎在每一场比赛中都有一番"上佳"表演。他还喜欢练双杠、打乒乓球和游泳:在双杠上,他忽而身体倒立,忽而身体弯成直角,忽而又做出其他难度较大动作,像燕子一样轻捷;在乒乓球台旁,他直握球拍,左推右攻,球路刁钻,攻势凌厉,像小老虎一样勇猛;在游泳池里,他奋臂击水,动作总是那样舒展,像游鱼一样自如……

60 年代初,他从天津应征入伍到山东半岛某地,依然积极参加部队的各项体育运动,成为团级篮球代表队主力队员,着实"风光"了一阵子。

当年,我采访他时,他正承担繁重的写作任务,生活没有规律。他的脑子出现"想法",进入创作的"兴奋期",就坐在书桌前奋笔疾书,从朝霞满天的清晨写到繁星闪烁的夜晚,又继而写到晨光熹微的黎明……有的时候,他处于创作的"间歇期",就一连几天也不动笔。

即使这样,他还是念念不忘进行体育锻炼。

清晨,只要身体不太疲惫,他就早早地走出家门,绕着一座座住宅楼跑步。他摆动着双臂,大步流星地疾跑,一口气跑 3000多米。随后,他汗流涔涔地来到一块绿地上,小憩一会儿,又开始练鹤翔桩气功。他默默站立大树旁边,伴随着意念的控制,不停地活动腰、背和四肢,却始终难以"入静"——也没有明显"气"感。可是,这也像做体操一样,达到锻炼身体的目的。回到家里,他打来一盆冷水,用湿毛巾反复擦洗上身,待到皮肤微微发红,身体也微微发热,才逐渐停下来。不论万物复苏的春天、天高气爽的秋天,还是热浪扑人的夏天、寒风凛冽的冬天,他总是这样去做。

蒋子龙的书房里,放着两只哑铃,是他在天津重型机器厂当车间主任时用过的。那时候,他经常利用短暂的工余时间练一练哑铃。在车间为数不多的"大力士"中,他也能"挂上一号"。后来,这两只哑铃成为工厂馈赠给他的心爱之物。在紧张写作之余,他时常挤出时间练哑铃,将哑铃放在两肩,一会儿蹲下,一会儿站起,大汗淋淋也不停止。

蒋子龙迷恋体育运动,是因为他深深地知道:"铁不炼不成钢,人不练不健康";只有坚持不懈地进行体育锻炼,才能保持健康的体魄,才能焕发充沛的精力。

他这样做了,也实现了这样做的目的——长年保持身体的健康,并精力十足地写作。

特别有趣的是,在以后的岁月里,一些经常跟他一块游泳的人,不断地告诉我:蒋子龙几乎每天都坚持游泳,多少年来从不间断。前不久,我遇上一位刚刚游泳归来的朋友,没等我问话,朋友就脱口而出:"蒋子龙也来游泳了。"紧接着,朋友又发出感慨:"他的气色那么好,总是一副健康的神态。"

如今,蒋子龙还保持着这样好的状态,实在难能可贵啊!

陈强：老来乐——乐在"骑"中

一

我于1986年7月，在北京电影制片厂职工宿舍，采访了著名表演艺术家陈强。

当时，陈强已经68岁，接近古稀之年了。刚一见到陈强，我就发现他的四肢肌肉发达，腰板挺得很直，眼睛炯炯有神，说话底气十足……顿时，我就产生这样的感觉："他哪一点像老人呀！"

他告诉我，他每天清晨6时起床，深夜12时入睡，整日忙于各种各样的事情，几乎从不午睡，精力不亚于年富力强的中年人。

他还告诉我，他在思想上并不觉得自己"老"了，尤其是别人喊他"陈老"的时候，尽管语气充满"恭敬"之情，但他依然觉得不舒

陈强

服、不自在，他总是保持一种"不服老"的心态。

所以，在我对陈强的采访中，马上提醒自己千万不要说出"陈老"二字，但也不便直呼其名，干脆就一味地用"您"来代替。

陈强生于 1918 年，河北邢台人，在几十年的从影生涯中，扮演了无数角色，我的采访自然从这方面谈起……

他以饰演反面人物形象著称，由此也给他带来种种"不幸"。党的七大于 1945 年 4 月 23 日至 6 月 11 日在延安召开，在会议期间由他扮演恶霸地主"黄世仁"的歌剧《白毛女》进行了首演。此后，又辗转各地演出，在晋中一次演出的最后一幕，随着台上群众演员高呼"打倒地主恶霸黄世仁"的口号声，台下突然飞出无数野果，台上的陈强被砸中，脸上一片乌青。随后，一名刚参军的战士气愤难忍，"咔嚓"一声拉开枪栓，咬牙切齿地说要"打死黄世仁"，幸亏一旁的班长及时把枪抢过来，才救了陈强一命。

陈强是主演过《白毛女》《红色娘子军》43 部电影的表演大师，曾获第一届百花奖，是新中国 22 大电影明星之一

1960 年，陈强在电影《红色娘子军》中饰演恶霸地主"南霸天"。在海南岛陵水一带拍摄"南霸天"被抓后游街镜头时，导演谢晋为了渲染气氛，便鼓动群众演员表

现"狠狠地打倒地主恶霸"的情绪,不料有些群众演员义愤填膺地失控了,真的用力打起了陈强……剧组人员难以及时地阻止,后来发现陈强被打伤了,以致用好几天的时间去疗伤。

陈强每当谈起扮演"黄世仁"和"南霸天"的经历,总是发出无可奈何的叹息:"我演过很多好人,但这两个家伙把我给坑了。"

其实,大凡与陈强有过接触的人,都认定"他在生活中当了一辈子好人",甚至戏称"他是演坏蛋的大好人"。

二

陈强一家

我在 1986 年 7 月采访陈强时,他已经热衷于喜剧的角色。当时,他与儿子陈佩斯在喜剧系列影片《天生我材必有用》中,分别饰演父亲"老奎"和儿子"二子",其中第一部《父与子》已经公演了。《父与子》这部电影,反映了"老奎"与"二子"之间,从"二子"考大学落榜到自力更生南下"淘金",由于爷俩观念不同发生了种种无奈和有趣的事,折射了当时改革开放大背景下的中国社会现实,受到观众的热烈欢迎。随后,喜剧系列影片的《二子开店》《傻帽经理》《父子老爷车》《爷俩开歌厅》又相继问世,也都博得观众深深喜爱。对此,陈强颇有感慨地说:"劳动人民劳动了一天,让他们乐一乐、笑一笑,从笑声中受到教育,这是我的最高愿望。"

陈强为中国电影事业所做的贡献得到了回报。2009年,在献礼新中国成立60周年"我心中的经典电影"评选中,陈强荣获"经典电影形象"大奖。

三

在对陈强的采访中,还给我留下一个十分深刻的印象,就是他的好身体居然与骑自行车密切相关。他骑自行车,是别有一番"用心"的。

陈强坚持打羽毛球达20多年,后来经过老伴和孩子再三劝阻,才依依不舍地告别了"羽坛"。但是,他反复告诫自己:决不能整天待在屋子里,从此与运动"绝缘"。因此,他开始通过骑自行车锻炼身体。

每天,他都强制自己抽出一定时间,骑着自行车沿着大街小巷走很远的路程。有时候,他从北京电影制片厂所在地的北太平庄出发,经新街口到西四,再经西长安街奔往复兴门,又从复兴门经动物园返回北太平庄,行程达几十里;有时候,他从北太平庄经新街口、西四、北海,直达天安门,然后又顺原路返回,行程也有几十里。

每次骑自行车归来,他都感到大脑清醒、身体清爽,可谓乐在"骑"中矣!

陈强和陈佩斯(漫画)

在家里,他还自告奋勇地承担一项"特殊"任务,就是骑着自行车不惜远路去购买所需物品。有一次,他骑自行车到王府井百货大楼买来调味品和金属架,不料回到家里轻轻一放,金属架就开裂了。第二天,他带上金属架,骑着自行车重返王府井百货大楼,售货员答应明天更换,于是他二话没说就离开了。第三天,他又骑着自行车赶来,更换了金属架。当售货员得知他从很远的北太平庄赶来,马上吃惊地吐了一下舌头,但他却说:"我这是为了活动。"

在马路上,陈强骑着自行车穿来穿去,时常把身边的一辆辆自行车甩得老远。有的小伙子看到这位老头骑车速度这么快,心中有些不服气,故意使足力气把他超过去。面对小伙子的"挑战",陈强并不示弱,而是摆出一副较量的姿态穷追不舍……他的老伴儿知道了,用埋怨的口吻说:"你早就不是毛头毛脚的小伙子了,以后慢点骑车,不然的话,容易出事。"他当着老伴儿的面从不反驳,可心里却有数:自己骑自行车是"快"中有"细",根本不会出事。所以,他再次骑自行车时,依然不失"快"的本色。

晚年的陈强,通过骑自行车,让身体保持着健康。在我采访陈强的 26 年以后——2012 年 6 月 26 日,陈强溘然长逝,享年 94 岁,是一位老寿星啊!

李光羲:"半个运动员"

一

　　著名男高音歌唱家李光羲在进入 2000 年后曾多次回到故乡天津,参加由今晚报社等单位主办的演唱会。我作为今晚报社一位负责人,也曾多次与他接触——与他聊天,与他共同参加一些活动,与他一起奔往演出现场……由此,我对他有了一定的了解,钦佩之情不禁油然而生。

李光羲

　　李光羲于 1929 年出生在天津的一个普通家庭。家里的一台老式收音机,让他从小就接触了音乐,并迷恋上了唱歌。为了练习唱歌,他参加了教会的"唱诗班",在那里学会了五线谱,也学会了西洋发声法。他在 17 岁时,由于父亲早逝,还没有读完中学,就顶替父亲进入天津开滦矿务局工作,承担起养家的重担。然而,他并没有放弃对唱歌的爱好,利用一切业余时间继续练习唱歌,并四处参加演出。几年来,他竟唱遍了天津的剧场,成为人们熟知的业余歌手。

1954 年,他报考了中央歌剧院。当时,尽管他没有进入音乐学府接受正规教育,但执着的追求却让他以动人的歌声、俊朗的形象和优雅的气质,非常顺利地被录取。从此,他走上了梦寐以求的音乐之路。

在中央歌剧院,他很快就成为"台柱子"。1956 年,中央歌剧院公演新中国第一部西洋歌剧《茶花女》,他在剧中饰演男主角阿尔弗雷德,一下子就使他在歌剧舞台上"走红"。几年后,他又在歌剧《货郎与小姐》中饰演男主角阿斯克尔,在歌剧《叶甫根尼·奥涅金》中饰演男主角连斯基,又使他在歌剧舞台上"更加红火"。

有一年,《茶花女》和《货郎与小姐》在上海演出,他交替登台,一连演出 30 多场,依然热度不减,可谓出尽了风头。

——这是李光羲的"歌剧黄金时期"。

经过"文革"期间的一度中断,他于 1976 年又重返舞台——从歌剧舞台开始走向歌曲舞台。

1977 年,著名作曲家施光南创作一首《祝酒歌》,被他一眼相中。一天,在接待外宾的演出中,他与自己的小乐队合作演唱了这首歌曲,顿时赢得了在座中央领导和所有人员经久不息的掌声。1978 年除夕之夜,他在电视中再次演唱这首歌曲,引起了亿万观众的强烈共鸣,火遍了大江南北。随后,100万张《祝酒歌》的唱片,很快就被抢购一空。

1977年,为了纪念周恩来总理逝世1周年,著名作曲家施光南为著名诗人柯岩所写诗歌《周总理,您在哪里》谱曲,送到他的手中,他一唱就掉泪,哽咽得发不出声,怎么也唱不下去。他的眼前总是浮现着一桩往事:1955年,他主演的歌剧《茶花女》,是在周总理指示下进行排练的,同时周总理还亲自到现场观看;1964年,周总理亲自担任总导演的大型歌舞晚会《东方红》,成为新中国历史上永恒的经典——每首歌曲都成为经典并长久地流传,他在晚会上演唱了歌曲《松花江上》,此后周总理就经常点名让他出席国宴为中外宾客演出;1970年,他被下放到天津东郊区咸水沽一个部队农场劳动,周总理亲自将他调回来,让他在柬埔寨西哈努克亲王50寿辰之际,演唱西哈努克亲王自己谱写的歌曲,又给了他重上舞台的机会……他对周总理的感情太深了!身边的人纷纷对他进行开导,让他一定要把这首缅怀周总理的歌曲唱好、唱出去,以寄托广大人民的深切怀念。但第一次演唱这首歌,他还是没能忍住而淌下滚

李光羲向国家大剧院赠送
歌剧《茶花女》当年首演时的照片

滚热泪,台下的观众听着他的歌声,也都纷纷止不住地流下泪水……

在以后的几十年里,他先后演唱了百余首经典歌曲,除了《祝酒歌》《松花江上》《周总理,您在哪里》,还有《太阳出来喜洋洋》《牧马之歌》《延安颂》《红日照在草原上》《鼓浪屿之波》《远航》《何日再相会》《北京颂歌》等,至今仍有着广泛的影响,让广大观众耳熟能详。

由此,他荣获了中国首届"金唱片奖""建国 40 年优秀歌曲首唱奖""改革 10 年优秀演唱奖"等。

——这是李光羲的"歌曲黄金时期"。

二

当年,我与李光羲接触的时候,他已经进入古稀之年。他给我留下的印象是平易近人,态度友善,说话随和,身体又非常健康:一头浓密的头发,脸上容光焕发,嗓音浑厚,步履轻便,举止灵活,浑身充满了活力。

他哪里像这般年纪的人啊?

所以,在我与他的谈话中,尽管也要谈一些音乐,但更多的却是他如何"健身"的内容……

我了解到,他能够保持平和的心态。在生活中,每个人都会不时遇到烦恼的事情,他也不会例外,但他总是采取这样的态度:"不能让任何烦恼的事情,折磨我超过半天。"因此,他能够及时地把烦恼的事情甩掉,从而让心态保持平和——这样就大大地提高了身体的免疫力，增进了身体的健康。

我还了解到，他非常重视睡眠。每天，他都要保证 8 小时的睡眠。他常常述说一位外国专家的话："睡眠是人类最好的保健医生。"他一辈子极少失眠，能够随时进入睡眠状态；倘若因工作耽误了睡眠，到第二天就要主动补回来，总要保证有"高质量睡眠"——这样就能及时恢复身体的机能，对身体的健康大有益处。

然而，我了解更多的是他长年坚持运动。他笑称自己是"半个运动员"，并说："人总是要衰老的，但运动则可以延缓衰老。"

他将"快步走"，作为每天的"必修课"，只要办不急的事情，就坚持走着去办，有时一走就一两个小时；他的家里有一对哑铃，总重 20 公斤，每天都坚持练一遍哑铃操。

他最喜爱的运动是游泳，一生都没有中断……

他从小就开始游泳，有时带上一两个窝头，跟着邻居家的大孩子，到天津南部乡野的水坑里游泳，一游就是几个小时。

他于 1970 年被下放到天津南郊区咸水沽的部队农场劳动，只要有一空儿，就到紧邻农场的海河里游泳，"最高的纪录"是 3 小时游了 6000 米。

他平日外出旅游，遇上江河湖海，只要条件允许，就不会轻易放弃机会，都要去畅游一番。

他在晚年常住山东半岛的海边，考虑到年事已高，不再到大海里游泳，但在所住小区的游泳池里，每天也要游一两个小时。

长年坚持游泳，促进了他的健康，让他长年保持着充沛的体力、充沛的精力……

他在90岁时,各地还不断发来演出邀请,让他四处奔走。由于他有着健康的身体,仍然能够很好地胜任,难怪人们将他称为"歌坛常青树"!

"歌坛常青树"李光羲从青春到白头